茉森 晶
Matsumori Show
ill. 亜方逸樹
Akata Itsuki
黒魔女アーネスの、
使い魔の、推しごと
~転生召喚されたし、
ご主人様を国民的
アイドルにするぞ!!~
JN239352

目次

10 プロローグ『異世界転生＝推しからの卒業!?』

18 1章 黒魔女アーネスと使い魔ヨウジ

81 2章 冷酷な騎士団と黒い花の指輪

124 3章 銀鼠寮の住人達

191 4章 月とスペシャル
250 前日譚『アーネスVSユーオリア 第1回戦《ラウンド・ワン》 ファイッ!』
268 あとがき
272 イラストレーターあとがき

プロローグ『異世界転生＝推しからの卒業!?』

「あぁ……今日の推し《よぞぎみ》も、最強に良パフォーマンスだった」

ライブの余韻にひたる満足げな士《おとこ》の顔を、月明かりと街の照明が照らす。

カラッ風が吹き、首に掛かったファンクラブ限定タオルが飛びそうになるが、寒さなど感じてないようだった。

甲良陽司《こうらようじ》25歳。社畜SE。

家族構成：父・母・兄・妹。独身・童貞。

好きなアイドル：月見坂《つきみざか》88・1期生、林堂夜空《りんどうよぞら》（愛称：よぞぎみ）。

年の瀬、クリスマス・ライブという今年最後の推し活が終わり、また明日から虚無の日常へ戻る。

それでも今は、激熱ライブの余韻を精いっぱい噛みしめる。

彼が現実を生きていくために必要不可欠な、これでしか摂れない栄養だった。

「3期生の子達への気配りとか……ほんと成長してるんだよなぁ。泣けるわ……」

（それに比べたらウチの妹《あませ》は……大学もそこそこに、遊んでばかりいるようで）

『一番の憧れ《アイドル》』と、『一番身近な性別・女《いもうと》』を比較するという不毛。

（アイツも一時はアイドルを目指してたってのに……いや、言っちゃダメか。本人が頑張れないことを強要すべきじゃない。自分のこと棚に上げて……）

彼の妹、甲良天瀬《あませ》は小学生の時、アイドル養成所に通っていた。が、親の思惑と合わず、2年ほどでリタイアしてしまった。

（兄から見ても可愛い顔してると思うし、つい『もったいない』っていう下世話な感覚が出てしまうんだよな。大衆に妹を自慢したい兄とか……痛すぎる）

不仲になってしまった妹のことを思い出し、陽司は苦笑いを浮かべる。

（推し活だけが生き甲斐になって、他人とのコミュニケーションは避けて生きてきた。でも、いや、だからこそ、家族だけは仲悪いままじゃダメだよな。何かキッカケ作って話せたら……）

「……家族とはいえ、俺が女と仲良くなるのはムリってことなのかな」

女性恐怖症。家族以外の女性とは、ろくに会話もできない。それには理由があった。

幼少の頃から、そこはかとなく女子にモテた。イケメンというほどではないが、特定の女性の心を摑む顔立ちらしく、ひと目惚れで告白されることも日常茶飯事。

だが、それはまったく喜ばしいことではなく……。

（殺されるくらいなら……恋愛なんてしなくていい）

【やベー女にばかり惚れられる女難体質】

ストーカー気質の歪んだ愛情表現をする女性にばかり好かれ、完全に女性不信になってしまった陽司は、ついでに不登校になり、青春期の大半をふいにした。

本当にそんな体質があるのか定かではないが、少なくとも陽司はそう信じていた。この人生、まともな恋愛などできないのだろう、と。

（俺には……推しがいる。夜空《よぞら》は絶対に、俺《いちファン》を好きになんてならない。それでいい。それがいい……）

「だからさー、もう3期生の若さには勝てないんだって。よぞぎみなんてチームの邪魔でしかないし、引き際見極めろってな」

「は？」

背後を歩いていた二人組の軽口に、陽司の中の瞬間湯沸かし器が発動した。

反射的に振り返り、ブレードを抜刀。パープル（林堂夜空のイメージカラー）の光をその男に向ける。

「おい、お前みたいな奴が何を言おうと世の中に何の影響もないけどな。聞こえたからには、推しの名誉を守るために戦うぞ。取り消せよ」

「あ？　なに、お前、よそぎみ推しなの？　あー、こんな他人に因縁つけるような常識ねー奴が推してんだ。言論の自由ってわかりますかぁー？」

「言論の自由とか、こっちのセリフだ。今ここにいる大半が、お前の発言に嫌悪感持ったと思うけど、今から全員で言論の自由しようぜ？」

会場からの人の流れは、大半が『詠《よ》み人（月見坂ファンの総称）』。

周りを巻き込むようなことを言ってはみたが、おそらくみんな見て見ぬ振りだろうと陽司は思っていた。が――。

「そ、そうだ！　お前みたいな奴、詠み人として認めない！」

「てか、歴の浅い新参じゃね？　古参ファンに対してコンプレックスこじらせてるだけだろ。ダッサ」

ポツポツと声が上がる。実際、不快だった者は多かったのだろう。

（何だろう……ファン同士の交流なんて要らないと思ってたけど、考えを改めるべきかもしれないな）

彼が現実でのコミュニケーションの大切さに気付けそうだったこの時、事件は起こってしまう。

「ウゼー！　数の力で詰めてくるなんて最低だな！」

「数の力も、ただの事実だ。暴力《リンチ》するわけじゃなし、お前はただ発言撤回して謝ればいいんだよ」

「……るっせーよ!!」

パンチが陽司の顔面に迫る。それを、すんでのところで掴み、捻り上げる。

殴りかかった瞬間に身動きが取れなくなった男は、何が起こったのかわからず、呆気にとられた顔で膝をつく。

実はこの陽司、『やべー女』からのイジメや攻撃に対応するため、必要に迫られ合気道の道場へ通い、アイドルオタクにしては上等な護身術を身につけていた。

「林堂夜空《よぞぎみ》に謝れ」

「いててて!! わ、わかった! 悪かった!」

手を離すと、男は痛む肩を押さえながら、カサカサと虫のように距離をとる。

もちろん改心したわけもなく、激しい憎悪の目で陽司を睨んでいた。

(くだらない……こんな奴に暴力でマウントとって、推し《よぞぎみ》に貢献したつもりか? ただの自己満足……)

「ヤバッ! 逃げろッ!!」

ギャラリーの中の誰かの叫びに振り返る。

と、陽司の前にナイフを構えた男が駆け寄っていた。

「うお……ッ!!」

素人相手のケンカくらいなら負けないだろう、と余裕をかましていた陽司。まさか刃物を出してくるとは思っておらず、初動が遅れる。

腕を取ることは諦め、とにかく体を捻り、横っ飛びに避けようと——

(ダメだ、俺が避けたら後ろの詠み人《やっ》が危ない！　クソッ!!)

避けるのをやめ、敵の手に意識を集中。

右の掌底で肩を突き、バランスを少し崩したところで、ナイフを持つ手に左拳を当て、鍔迫り合いの要領で無理やり軌道を上にずらす。

「ぐうッ!!」

ナイフが跳ね上がり、陽司の額を切った。

なんとかナイフを持つ手首を摑み、陽司は敵とふたり、もみ合いながら歩道から転がり出てしまう。

パアアアアアアアッ！

クソやかましいラッパの音。陽司の姿を、迫り来るトラックのライトが白く染める。

(あッ……見える世界がスローモーションになるって……本当だったんだ。命の危機に直面して、脳が瞬間的に１００％の機能を使ってるのか)

とはいえ、思考スピードに合わせて体が速く動くわけではない。

(死にたくない！　死んだら、もう推し《よぞぎみ》を推せない！　俺を救ってくれた林堂夜空に……まだ、恩返しができてない！)

極限の超感覚の中、そんな時間でも、彼には推しがすべてだった。

(こんな心ない奴のせいで、俺の推し活が終わる？　イヤだ！　何としてでも生きて……信じたアイドルを推す!!)

「ッ!?」

その時、自分のすぐ隣の空間に、人を飲み込みそうなほどの黒い大穴が開いていることに陽司は気付く。

よく見れば、それは穴ではなく、黒い魔法陣だった。

(信じられないほど冷静に、思考が巡る。俺は今、死ぬことが決まっていて……アニメみたいな異世界転生の手続き、始まってる？　だとしたら……………………)

魂で叫ぶ。

(異世界転生なんて……それはそれで冗談じゃない!!!)

異世界転生、全否定。

(林堂夜空を推すことだけが、俺の生きる意味。異世界転生なんて……したくないんだよ!!!)

心の叫びを上げたその瞬間、魔法陣から魔獣のマズルとでもいうような異形が現れ、ガパッとその口を開いた。
バクン！
一瞬で、陽司とその周りの空間だけを削り取るかのように飲み込む。
『異世界転生なんて冗談じゃない!!!』
そんな主張もむなしく、陽司の存在は異世界へと飛んだ。

1章　黒魔女アーネスと使い魔ヨウジ

「成功……したの？　なんでこんな、ちっこいワンコ？　弱そう……うん」

「…………ん？」

少女の声が聞こえ、陽司は意識を取り戻す。

まぶたを開くと、目の前には壁一面に描かれた魔法陣があった。

どうやら自分がここから出てきたのだと、なんとなく認識する。

(何だ……急に、色んな臭いが強く感じられる。埃っぽい物置の中？　溜め込んだ洗濯物？　人間の生《せい》を感じる生活臭……それがなんとなく心地よい)

「ボーッとしてるんじゃないわよ。こっちを向きなさい！」

振り向くと、黒い服・黒いとんがり帽子の少女。

薄汚れた身なり。伸ばしっぱなしのような腰までのバサバサ黒髪。

片目を包帯で覆い隠し、見えている方の目もどことなく澱んでいるような。

現実世界なら、中学生くらい。若いのに、生きることに疲れたような顔に見えた。

（うわ……幼いけど、女だ。俺に関わってくるってことは、惚れられるのか？　だとしたら絶対やべー女《やつ》だし……イヤだなぁ）

世の男性の大半を敵に回しそうな思考だが、彼にとっては真剣に切実な悩みである。

「この黒魔女アーネスの転生召喚魔法により、アンタは甦ることができたの。感謝しなさい？」

（甦る……？　ああ、死んで転生したことになってるってやつか）

「まだまだ罪を償い続けなければならない数多《あまた》の亡者の中から、強い念を持つアンタを選んであげたのよ、うん」

妹よりさらに年下の少女のドヤ顔を、陽司は不思議と冷静に受け取る。

転生したてだからだろうか、まだ意識が完全ではない。

「俺、魔法陣に食われて……空間ごと削り取られたみたいに……」

「世界の摂理補完処理も難しい術法なんだから。一人分の情報が消えることで少し不安定になるけど、最後にアンタと関わった亡者を二人分として扱われるように偽装しておいたわ。これで冥界《むこう》も問題なく成立してるはず、うん」

「…………ん？」

理屈を聞いてもサッパリであったし、なんとなく深く考えない方がいい気がしたので、陽司はサラリと聞き流す。

「フフフ……従順で最強なアタシの使い魔。こんなワンコな見た目でも、アタシをさらに最強にする能力《チカラ》が備わっているはずよ。さぁ、その力を見せなさい！」

「…………使い魔？」

そこで初めて、陽司は自分の体の状態を確認する。

黒い子犬のぬいぐるみのような、手足の短いちびっこ獣人。

額には金色の毛で丸印の柄、それを袈裟斬りにするような1本の傷。頭から背中にかけて同じく金色のたてがみ。使い魔としての証か、魔法陣が描かれた錠前付きの首輪が装着されていた。

彼は、いわゆるモンスターとしてそこにいた。

「……どうでもいいな」

今の彼にとって、自分が人間でなくなることも問題ではなかった。

「なんだかピンと来てない感じね。まぁ、生前の世情とは認識も違うってことか。魔法の概念はわかるの？」

「魔法……本当にあるのか？」

「もちろん。森羅万象、自然の理霊《りれい》を素材とし、人間《ひと》の枠を超えた現象を起こす。特別な才能を持つ者のみが使う奇跡。それが『魔法』よ、うん」

アーネスは手のひらを見せ、特に詠唱の必要ない炎を一瞬立ちのぼらせる。

現実的でないはずの魔法を目の当たりにしても、陽司は『バラエティ番組で、芸人がバツゲームでやるフラッシュコットンみたいだな』とかボーッと考えていた。

(異世界、魔法、マジであったんだ。とはいえ、アニメみたいに都合のいい待遇とは限らないしなぁ)

「魔法は、大別して2種類に分けられるわ。光の白魔法と……闇の黒魔法」

アーネスの濁った瞳の奥には黒い炎が揺れているように見えた。それはイメージ表現ではなく、彼女の潜在魔力が強すぎて、オーラのように漏れ出ているからだった。

「『白』は人々に敬われる。『黒』は畏怖される。まぁ、黒魔法でしかできないこともたくさんあって、表面上は黒魔法使いも敬われるんだけどね、うん」

御都合主義な民衆を鼻で笑う。まだ幼い年頃だというのに、彼女のひねくれ具合がよくわかる表情だった。

「でも、『黒魔女』だけは話が別。黒魔法の才がある女は忌み嫌われ、隅っこに追いやられ生きるのよ」

イヤな思い出を噛みつぶすような顔。アーネスの目に光るものが浮かぶ。

熱が入るその顔を、陽司だったものは虚無顔で見ている。

「そんな地獄のような日々も終わり。アタシはこの世界の人々の共通認識を壊し、黒魔女を差別していた人間こそが差別される世界に作り替えてやるの！　ほら、わかったら早く……」

「**うるっっっさぁ――――――――――――い!!!**」

「ひいっ!?」

経験値ひとケタしか貰えなさそうなチビモンスターの一喝。アーネスは雷でも落ちたかのように縮み上がる。

「亡者だって？　俺は……俺の現実世界にいた。まさか、世界を間違えて人違い召喚したんじゃないのか？」

「えっ？　そ、そんなはずは！　禁忌の高位魔法とはいえ、アタシが召喚魔法で失敗なんて……」

（何なのコイツ？　アタシの命令に逆らわない忠実な使い魔のはずなんだけど！　やっぱり失敗なの？　下がるぅ！）

アーネスはビクビクと物陰に隠れながら、背中の毛《たてがみ》を逆立てる小動物を窺う。

怒りに震える彼だったが、それはすぐ悲しみに変わり、ガックリと膝をついた。

「……どうでもいいか。俺はもう……推《よ》しを推《ぞぎ》せ《み》ない。その事実は変わらない……」

そのまま灰になって崩れ落ちてしまいそうなほど落ち込む陽司に、アーネスはえも言われぬ罪悪感に襲われる。

その姿は、虐げられてきた自分の姿と重なり、貯水タンクが破裂したかのように涙があふれ出した。

「ご、ごめんなさいアタシ……人違いなんてするつもりは…………ひっぐ！　うえぇ……ッ！」

「え？　ちょっ……え？」

突然泣き出したアーネス。その子供らしい泣き顔を見て、陽司は動揺した。

その泣き顔が、推しである林堂夜空と重なったからだった。

アイドル達が感動で泣くシーン、（決して演技というわけではないが）どうしてもブス顔にならないよう無意識にセーブする向きがある。

が、林堂夜空は、そういう時でも幼子のようにクシャクシャ顔でしゃくり上げ、玉のような涙をポロポロ落とす子だった。

（似てる……デビュー直後の林堂夜空（13）が、ライブ中にコケて泣いてしまった時の顔。違う人間だとわかってるのに……心がキューッとなる）

動揺はしたが、陽司は基本、冷静だった。

転生による副作用なのか、それとも、生死に関わる転機に意識が変化したのか。

（まず間違いなく、やべー女《こ》だろう。俺の中の女難レーダーが、そう言ってる。いや、女難レーダーなんて関係なく、さっきの言動を聞けば判る。けど……）

「えーと……アーネス、だっけ？　泣かないでくれ、俺はもう大丈夫だ」

「ぐひッ……だ、だって！　アタシのせいで……あんな絶望の表情だったんでしょ？」

「そこまでの絶望顔だったか……いや、悪かったよ」

（転生召喚とやらが、どこまで因果に関わっているのかわからないけど……命を救われたかもしれないんだ。間違いだったとして、その間違いに感謝するべきか）

　冷静だが、感情は冷たいわけではなく。陽司は前向きに解釈する。

（それに何より……女子の涙を見て、泣かせたままではいけないしな）

「で……俺、君の使い魔として転生したって？」

「……う、うん。アタシの潜在能力《チカラ》をすべて解析、解放できる、すんごい魔獣が来るはずだったのに……」

（『世界中の人間の共通認識を壊す』とか、テロリスト的でっかい野望を口にしてたもんな……）

「それが、こんなちっちゃ可愛いワンコ……魔力をうまく注ぎ込めなかったのかな」

「うーむ、俺がわかるわけないんだけど。それよりも……だ」

　何か大きなチカラが使えたとして、肝心なのは、それが正しく使われるのかどうか。

「黒魔女を差別する奴が、逆に差別される世界に作り替える……だっけ？」

「そ、そうよ。世界中の人の意識を書き換えて、黒魔女を差別してた人ほど忌み嫌われるように摂理を作り直すの！　うん！」

「そんな規模のデカいこと、本当にできるもん？　いや、できたとしても、だ。そんなこと、考えない方がいいと思うよ」

「何よ……同じ人間だから、とか言うつもり？　あの人達は、黒魔女《アタシたち》を人間扱いしてないのよ？」

テンプレなお説教に、アーネスは反発。

それも当然、こんな理屈で響く程度なら、ここまでの計画は立てないだろう。

「そんな綺麗ごと……この世界の事情を知らないから言えるのよ！　うん！」

「**勝手に喚び出しておいて、『この世界の事情を知らないから』なんて、よく言えたな!!!**」

「ひぃ！　ごめんなさいごめんなさい！」

思わずツッコんでしまう陽司の怒声に、アーネスはまたビビり散らかし物陰に隠れる。

（いかん、つい蒸し返してしまった。まぁ、確かに軽はずみに意見するもんじゃないな……）

「黒魔女は不幸の象徴。多くの人は目も合わせてくれないわ。関われば災厄が降りかかる、とされてるから、攻撃されることもないけど……」

アーネスの瞳が一層暗い色になる。

「中には、自暴自棄なイカレた人間もいるわ。アタシを犯して、殺して、世界を道連れに終わってやる……ってね。大抵は小物だから、撃退してやったけど……不意を突かれて殴られたこともあるわ。体中傷だらけよ、うん」

（うーむ……自分が感じてきた苦しみ程度では、寄り添うことはできないかもしれない。けど、この子が幸せになる方法が、復讐《このやりかた》でいいはずない）

他人を励ますなど柄ではなかったが、陽司の中で自然と『この子の力になりたい』という気持ちが生まれていた。

それはアーネスの使い魔として生まれたからなのか、それとも――。

「俺もイジメられてたから……少しは解るつもりだ。もちろん、君の境遇と同じじゃないけど、当時の俺にとっては何よりも大きい問題だった。死のうとも思ったよ」

「……復讐しようと思わなかったの？」

「思った思った。けど、そこまでの勇気も力もないハンパ者だったな」

他人《ひと》のために、自分の辛い記憶をたぐる。少しでも近くに感じられるよう、思考を巡らす。

「『死ぬくらいなら何でもできるだろ』って言う奴がいるけど、『同じ苦しみを感じられるわけでもない想像力のない奴が無責任に何言ってんだ』ってね。君は今まさに、そんな風に感じてるかもだけど。ごめんね」

「…………」

納得こそしていないが、アーネスは話を聞こうとする顔になっていた。

「そんな時、俺はひとりのアイドルに出会った。えーと、なんて言えばいいかな……歌・踊り・喋り、その人のすべてで大勢の人を楽しませる職業で……」

「歌い手や踊り子……みたいな？」

「まぁ、そんな感じ。で、ネットで……あ、いや、えーと……とにかく特別に本人と話す機会があってさ。その時の言葉に救われて、俺は前向きになれたんだ」

『あなたという人は、ひとりしかいないじゃないですか。私もひとりしかいない。だから、あなたもアイドルなんですよ！』

（アイドルの天然な小さなひと言。でも、自分にとって大事なら、それでいい、それがいい。説明するとややこしくなるし、そこは省くけど）

「差別する奴らが、もちろん悪い。けど『同じ目に遭わせる』となると、順番こそそいつらが先でも、同じになってしまう。理不尽なことだけどね」

うつむき加減にジッと聞いていたアーネス。その肩は、少し震えていた。

大したことは言えていないと思いつつも、何とかいい方向に向かってくれと願い、さらに言葉を続けようとした、その時。

ドーン!!!

突然、壁に大穴が開き、衝撃波が駆け抜ける。

「アイツ……ここまで来たの!?」

「ってってて……な、何が来たって？」

アーネスは苦虫を噛みつぶしたような顔をし、なぜか突然スカートをたくし上げ、ナマ脚を露わにした。

「なッ!?」

陽司の驚きなど構わず、太ももに下げられたホルスターのようなケースから黒い本を手に取る。

そして、そのまま開いた穴から外へ飛び出した。

「な、何だ？　あの女が魔法を使ったら、何もない所に家が……」

「いや、あの家、木こりのじーさんが死んで空き家になってた……あれ、どうして忘れてたんだ？」

かすかに雷雲が唸る不穏な曇り空の下、突然の爆発音に村人が騒ぎ出す。

魔法を撃ったら、忘れられた空き家が現れ、その壁に穴が開いた。

そう見えるのも当然、この家は魔法結界が張られ、存在を認識できなくなっていたのだった。

「あの子、黒魔女アーネスじゃない！　この村から出て行ったはずでしょう？」

穴から出てきたアーネスに、村人達はどよめく。

もちろん、久しぶりに顔を見て歓迎するような声ではない。

そんな村人達とはひと味違う、高貴な存在がアーネスの前に立っていた。

「アーネスさん、お久しぶり。まさか最初にお会いした村へ戻っていたとは……盲点でしたわ」

「ユーオリア……」

ユーオリアと呼ばれた銀髪碧眼の来訪者は、白のドレスにかかる砂埃を払いながら不敵な笑みを浮かべる。

高価そうなアクセサリー類、気品ある立ち居振る舞い。服装こそ、お堅いわけでなく露出アピールある華やかなものではあるが、それは本人《ユーオリア》の趣味であった。

「ファイネル家のお嬢様じゃねえか。以前《まえ》にも『アーネスを連れてく』っつって、孤児院で召喚霊を出して大騒ぎした……」

ユーオリア・ファイネルは、お嬢様であり、白魔法使いである。

炭鉱を持つ集落の領主から始まり、画期的な携帯燃料の開発で一代にして豪商の地位を築いた商人コアズ・ファイネルの第2子。

商才だけでなく白魔法使いとしても一流な父の才能を当然のように受け継いでいた。

人々に忌避される黒魔女と交わるはずのない光り輝く人生を歩む彼女だが、2年前、孤児院にいたアーネスを引き取るという目的でこの村に来てから、その身柄を追い続けている。

「そろそろ逃げ回るのも飽きませんか？　おとなしく、わたくしに従えばよいのです」

「そっちこそ飽きて欲しいんだけど？　これだけ拒絶してるのに、しつこく探ってきて！」

短い手足を不便に感じつつ外に出てきた陽司も、村人と同じく、ふたりの魔法使いが生み出す険悪な雰囲気に息を呑む。

「あれは……アーネスと対極の存在、白魔女ってことになるのか？」

10ｍほど離れた所に立つユーオリアの、香水の匂いが鼻をつく。

陽司はこの時も『さすがに香水利かせすぎだろ』としか思っていなかったが、彼女《ユーオリア》はそこまで非常識な香り付けをしているわけではない。

「今日こそは、わたくしの勝ち。家《ファイネル》に来ていただき、あなたという存在をキッチリ管理させていただきますわ」

「毎回そう言うけど……どうして1回負けたらアンタの言うこと聞かなきゃいけないの？　今まで何度もアタシが勝ってるんだけど！」

「ですから、あなたが勝った時は『ファイネル家で管理される権利を差し上げます』と、何度も申し上げているではないですか」

「だから、それが『隠す気のない詐欺』だって言ってるんだよ!! うん!!!」

地団駄を踏むアーネス。涼しい顔のユーオリア。何もかも対照的な白黒のふたり。

先程アーネスに聞いていた世情と合わせ、なんとなく察する陽司だが、あまりにもテンプレ高飛車お嬢丸出しなそのノリに戸惑う。

(聞く限り、アーネスを従わせようとやって来るけど、毎回撃退される……と。確かに、黒魔女が不当な扱いを受けている図式のようだけど……何かおかしい)

「誰もが関わらないように避ける黒魔女を、自分の家へ連れて行って管理しようとする……のか?」

「ん……あら、その可愛らしいワンちゃんが今回の召喚霊ですか? フフフッ、とてもお強そう……こちらも全力でお相手しますわ」

攻撃が届きそうにない短手短足のワンコ《ヨウジ》を見つけ、ユーオリアはすぐさま白い本を開く。

「こ、この子はまだ戦闘用じゃ……ちょっと待ちなさいよ! 卑怯!!」

「卑怯だなんて……心外ですわ。あなたの強さを認め、こうして全力で対応しているというのに……」

開いた本の上に指で魔法陣を描き、召喚魔法の準備を始めるユーオリア。その顔は、あくまで冷静。

（アーネスさんでも失敗することがあるのね！　あの額の金色の輪っか印……まさか、おとぎ話の『黒陽の魔狼ガルガモート』を喚ぼうとした失敗作？　もし召喚できたとして……あんなに可愛いわけないものね？）

あらためて、ワンコを陽司《ヨウジ》ジッと見つめる。ユーオリアの顔が一瞬、にへっと緩んだ。

（あんな可愛い子が危険なわけないわ！　何なのかしら、あの可愛らしいおめめ、短い手足、柔らかそうな毛並み……ああっ、モフモフしたいわ！）

どうでもいいことだが、彼女《ユーオリア》は自室に特注で作らせたぬいぐるみを所狭しと飾る、可愛いものに目がない系女子だった。

（あんな可愛い子をやっつけるなんて心が痛むけど……もう時間はない。しかたないのです。いえ、ちょっと脅かせば、きっと負けを認めてくれるはず……！）

「クッ……マズいわね。転生召喚なんて大技をやった後だし、今すぐに大きな魔法は……」

アーネスはジッと陽司の顔を見つめる。

「え……ま、まさか俺に戦えって？　さすがに、この手足で戦うとかムリかなって……」

「アンタしかいないのよ！　使い魔として働いてくれないと！」

異世界に転生して早速、魔法バトルを見られるかも……と少しワクワクしていた陽司だったが、まさかの展開に焦りの表情を見せる。

「……ユーオリア・ファイネルが理《ことわり》を示す！　この命力を素《そ》とし、指した理霊《りれい》の役割は書き換えられ、わたくしの望む器を象《かたど》る。器を使うは、記す座標に生きる異界の者。その名を呼べば、依り代に魂を映し、ひと時《とき》、わたくしの剣となる！」

白の書が宙に浮き、ユーオリアは両手を魔法陣にかざす。と、その手のひらからそれぞれ白と赤の魔力が放出される。

必要魔力がチャージされ、一層強く輝いたかと思うと、魔法陣は一気に何十倍もの面積となった。

「顕現せよ!!　天聖火竜フェルオース!!!」

キィンと金属音が鳴り響き、巨大な魔法陣から現れたのは、炎ゆらめく光輪を冠した白銀の竜《ドラゴン》。

ユーオリアが全魔力を使うことで召喚可能な現在最高位の召喚霊だ。

「…………デカッ！」

(親父殿がいつも俺達に自慢してたマイホームをボディプレス一発で押し潰しそうなデカさ。シルバーという色《カラー》も、なんだかランクの高さを表してるかのようじゃないか。あんなのと戦えって？　どないせえっちゅーねん!!)

2年前より大きなドラゴンが召喚され、村人達は悲鳴を上げながら距離をとる。

当時は腕も未熟で、召喚霊を制御しきれなかったユーオリアだが、魔力の絶対量も、召喚霊の扱いも、格段に向上しているという自負があった。

「ハァ……ハァ……せ、成功ですわ！　どうですか、アーネスさん！　まいったするなら今ですわよ!?」

「……まいったなんて言うもんか！」

黒の魔本を握り直し、アーネスは陽司に向き直る。

「ワンコ、アンタ名前は？」

「よ、陽司……」

「効果を上げるためにも名前は重要だからね。行くよ、ヨウジ！」

「待った！　見たらわかるだろ？　ムリだっての！」

「強化魔法をかければ、それをキッカケに真の力が解放されるかもしれないわ。まぁ、そんなに上位のは無理だけど……」

（コレ、結局また『死が目前』ってことじゃないのか？　死ぬくらいなら……逃げるか？　本来、アーネスに服従する設定だったらしいが、どうもそこは実現してないらしいし。いや、でも……）

そもそも、その体軀で逃げ切れるのか、というのは置いておいて。

命を天秤にかける状況でも、陽司は『逃避』を選ぶことをためらっていた。

（偽善者ぶるつもりなんてないけど……逃げるってことは、幼い女の子《アーネス》を見捨てるということ。曲

がりなりにも使い魔として転生して、少なくとも今、俺は当てにされてる。その期待を裏切るのは……イヤだな）

「……やるか。もしかしたら、攻撃力が低い代わりに生命力はケタ違いにヤバくて、簡単には死なないかもしれない。よし、それで行こう」

自分にそう言い聞かせ、ヨウジはひとつ頷いた。

心の底でひとこと『決して、よぞぎみに似てるからほだされたわけじゃない。自分の意志だぞ』と添えて。

「行くわよ、一番手っ取り早いやつ！　**使い魔ヨウジに眠る命の力よ……アタシの声に応え、その息吹を聴かせよ！　『本領覚醒《ブルーム》』**!!」

「うぐッ？」

陽司の心の準備もそこそこに、アーネスは魔力を彼の体に送り込む。

小さなワンコの体の中で何かが弾けた。

「ぐぅゥ……**ウウウッ！**」

首輪についた錠前がバキンと音を立て弾け飛ぶ。描かれていた魔法陣だけが巨大化し、それもまたガラスのように砕け散る。

マスコットキャラのようだったヨウジの体がググン巨大化し、いかにも狼という荒々しいフォルムへ。

「グオォォ――――ン!!」

象ほどもありそうな体軀の黒狼が威嚇するように一度吠えた。

急激に自分の中から溢れ出したパワーに、ヨウジは自然と猛獣らしい咆哮ができていた。

黄玉色の澄んだ眼光、鋭い牙と爪。砕け散った魔法陣は紋様の描かれた魔力のリボンとなり、力を示すかのごとく首の周りでリング状に光る。

先程までの可愛らしさは微塵もない、臨戦態勢の巨獣がアーネスを守るように立つ。

(目線……高ッ？　俺、デカくなったのか。使い魔としての戦闘用フォームってこと？)

自分の前脚をまじまじと見るベタな反応をしたあと、後ろ脚2本で立ってみたり、伸びをしてみたり、ドンドンと軽くジャンプしてみたり。

「やっぱ四つ足の方が動きやすいようになってるんだな。慣れれば、やれそうだ」

「は、はは……ほら、だから言ったじゃない！　すんごい使い魔を喚《よ》んだはずなんだから！」

(とはいえ……正直、思ったより大きくて、ちょっと怖いわ！　アタシに服従もしてないみたいだし、大丈夫かしら……)

一方、白魔女ユーオリアは、ちっこかわいい犬っころの突然の変身に、表情を変えず微動だにしていなかった。が――。

（か…………かわいくないのですけどぉぉぉぉぉッ!!）

心の中で、魂の叫びが響き渡る。

（可愛くなくなった上に……なんて威圧感！　体が動かない！　こんな強い魔力……七神竜クラスを上回る？　あの幼さで、すでにお父様と同等の魔法使いということに？　そんなの……非魔法学的ですわっ！）

「す、少しはいい勝負ができそうですわね。それでも、フェルオースさんには敵わないでしょうけど！」

白竜《フェルオース》よりひと回り小さいが、その計り知れない膨大な魔力量は、魔法使用者なら肌で感じ取れていた。

アーネスはユーオリアに向き直り、ニヤリ口角を上げた。

「ユーオリア、今日もアンタの負けよ。白黒つけてやる!!」

「フェルオースさん！　まず村の外……森の中へ！」

ユーオリアが叫ぶと、白竜《フェルオース》はフワリと浮くような低空飛行で森の中へ。

「フフン、慌てない慌てない。ヨウジ！　ちょっとジッとしててね」

魔法陣に手をかざし、ひと回り小さな魔法陣を重ねがけ。それを黒狼《ヨウジ》に向け、人差し指で飛ばす

ようにジェスチャーすると、金色のたてがみがボワンと輝き逆立つ。

手元の魔法陣を、まるでゲームのコントローラーかのように操作する。と、アンテナ代わりなのか、たてがみが『接続ＯＫ』と光のサインを返す。

陽司は、その指示が頭ではなく体全体に聞こえているようだった。

声に出すよりも早く、魔力の同期《リンク》で情報伝達する術は、アーネスの得意とする召喚霊操作法だ。

「ふむ、なるほど…………なッ!!」

黒狼《ヨウジ》は地を蹴り突進。白竜《フエルオース》を追走する。

カウンターで合わせようと白竜《フエルオース》は振り向き、爪を差し出す。

その瞬間、目の前で黒狼《ヨウジ》の姿が揺らめき消える。

目で追えないほどの速さで身を伏せ、攻撃の下に滑り込んだ黒狼《ヨウジ》は、その勢いのまま地面をガリガリと削りながら縦回転。丸ノコでアッパーカットするかのように敵の腹をえぐる。

「キュオオオオッ!!」

たまらず吹き飛ぶ白竜《フエルオース》。

ドズンと爆音を上げ倒れ込んだのは、一所懸命走って移動してきたユーオリアのすぐ目の前だった。

「ひぃいいッ!!」

うっかり悲鳴を上げてしまい、咄嗟に自分の口をふさぐ。

「フェ、フェルオースさん！　飛んでください！　空から遠距離攻撃主体で戦うのです！」

白竜《フェルオース》はその指示を受け、一気に上空へ。

そこから、地上の黒狼《ヨウジ》に狙いを定める。

「キュアッ!!」

口から炎をまとった光線が放たれる。

その瞬間、アーネスは魔力の同期《リンク》で指示を飛ばしていた。

『ヨウジ、土盾《ランドシールド》！』

『魔法の使い方なんてわかんないぞ』

『今はアタシの魔法をアンタが使うの！　いいから浮かんだ通りにして！』

その間、０・03秒。

実際にはこんな会話ではなく、ひとりの人間が瞬時に判断するのと同じような、無駄のない通信が行われていた。

「フウッ!!」

光線が目の前に迫る中、黒狼《ヨウジ》は前脚に息を吹きかけ、すかさず大地を踏みしめる。

黒光りする魔法陣がスタンプされ、激しい縦揺れとともに、巨大な土くれの盾が地中から飛び出した。

盾は光線を正面から受け、攻防一体、その勢いで光線を押し返しながら上空の敵を突き上げる。

「クオオッ！」

白竜《フェルオース》は上空から落下し、再びユーオリアのすぐそばで轟音を上げた。

「ひゃああッ!!　こ、こんな……こんなはずは……」

実は、フェルオースを実戦で召喚するのは初めてだったユーオリア。

理霊元素《エレメント》の環境が整った場でのテストは成功していたが、実際に使用する場《ロケーション》の自然環境に合わせて配合を微調整しなければ成功しない難易度の高い召喚だった。

その切り札《フェルオース》が、まるで稽古をつけられているかのように転がされ、目を回している。

『天聖竜クラスが召喚できさえすれば先手必勝』と甘めに考えていたユーオリアだが、すでに勝てるビジョンが見えなくなっていた。

「アーネスさん！　今日のところは引き分けということに……キャアッ!?」

ユーオリアの前に、黒狼《ヨウジ》が軽やかに着地する。

もちろん、軽やかなのは所作だけ。ズシンと地が響き、ユーオリアはその場にへたり込む。

「ひッ……す、すみません！　まいりました！　わたくしの負けですわ！」

「……………」

いつからか、アーネスは虚ろな目でその光景を見つめていた。

敗北宣言は彼女に届いておらず、ユーオリアの顔からさらに血の気が引いていく。

「た……たすけて……！」

絶望顔のお嬢様を見下ろす黒狼《ヨウジ》。

彼の意識もまた、アーネスと連動するように朧気になっていた。

(何だ……俺、眠いのか？　さっきまで感じていたアーネスからの通信は途絶えて……代わりに、違うチャンネルの電波が流れてくるような感覚が……)


グォオオウウウ……グワアン……

「……何の音だ？」

空の彼方から響くような不吉な不協和音。

陽司はベッドから起き上がり、家の外に出てみた。

夢の中。陽司は、元の人間の姿だった。

が、その風景は現代日本ではなく、変わらず、自然に囲まれた村の中。

グォオオウウウ……グワアン……

周りの家からも、不安そうに人々が出てきて夜空を見上げる。

どこか遠くで巨大な木管楽器が鳴っているような、山奥に住む怪物の鳴き声のような、重く湿った音。

その音が鳴り止んだ時、空一面に巨大な人影が浮かび上がった。

「人よ……聴いていますか？　私は魔女王アーネス。あなた達が……終焉の魔女と呼ぶ者」

夜空に立体映像として映し出されたアーネスの姿。

先程まで見ていた幼さはなく、美しい顔立ちの大人の女性。

「あれ…………よぞぎみ……？」

ただ美しいだけではなかった。熱烈なファンであるはずの陽司がそう発してしまうほど、林堂夜空によく似ていた。

本来なら、一瞬でも見間違えたことを全力で後悔するだろうが、彼はただぼんやりとその姿を見上げていた。

「終焉の魔女が生まれ変わり転生していた……。あなた達が恐れるのも無理はないでしょう。こうなることは……決まっていたのです」

（終焉の魔女……？　よくわからないが……これは未来が見えているのか？）

「あなた達《わたしたち》は黒魔女を追いつめた。その結果、黒魔法は世界を黒く染める力となりました。人類すべての……底知れぬ負の感情あってこそです」

尊大な態度でもなく、穏やかに冷たく語りかける、物静かなタイプの魔王。

その静かさは逆に闇深く、不気味さを強調する。

「人類を滅ぼす……などと言うつもりはありません。ただ、この世界を黒く塗りつぶすだけ。すべての人が闇の部分を解放するようになるだけ。でも、大丈夫でしょう？　あなた達は、闇など持たない綺麗な綺麗な存在《にんげん》なのでしょうから」

両手を広げ、むしろ慈愛に満ちた女神のような微笑みを浮かべる。

「黒に染まらない人達が……勇者が……私を殺しに来るのを楽しみに待っています。勇者が『助けたい』と思える市民《あなたたち》でいられるよう、せいぜい日々を生きてくださいね」


「ん……あ？」

正気を取り戻した黒狼《ヨウジ》の目の前に、へたり込んでガクガクと震えるユーオリアがいる。

少なくとも10分くらい夢見ていた感覚だったが、数秒しか経っていなかった。

(アレは……これから先、起こる未来？　アーネスが見せたのか？　何のために？　アレを目指して協力しろってこと？　いや、だとしても、このタイミングじゃなくね？)

後ろを振り向き、アーネスを見る。と……いまだ意識がないまま、ぼんやりと立っていた。

「グゥルル……」

グルグルと思考がこんがらかり、黒狼《ヨウジ》は眉根を寄せ、低く唸った。

「わ、わかりました！　わたくしがアーネスさんを狙う理由を話しますわ！　わたくしが持つ情報を……！」

「ん？　ああ……じゃ、聞こうか」

ヨウジに脅す意思などなかったが、ユーオリアが意を決した表情でそう言うので、とりあえず聞くことにした。


「ファイネル家が独自に研究している大魔法『ドーラワーグの瞳』というものがあります。これは未来を予見し、災害などを防ぐための研究なのですが……」

(予知か……すごいな。まぁ、現代でも地震やらを可能な限り早く察知するための研究は同じか)

「わたくしはその研究に興味があり、5年ほど前から、こっそり研究室に入り、古文書の解読や術式の考察をしておりました」

「5年前……って、君は何歳なんだ？　若く見えるけど……」

「今17ですから、12歳の頃ですわ。わたくし、お父様から才能を受け継ぐ天才魔法使いですので！」

さっきまでビビり散らかしていたくせに、ドヤ顔で豊かな胸を張る。

見た通りではあるが、ユーオリアは自己顕示欲の強い系女子だった。

「10歳の頃、学園内での統一筆記試験で満点をとったことを始め、わたくし一番じゃないと気が済みませんの。先日も先生方に……」

「わかった、それはまた今度聞くから。で、5年前に？」

「そ、そうでした。大魔法『ドーラワーグの瞳』は、とても難しいもので、今現在も完成してはいないのですが……当時のわたくしは、ひとつ試したい術式がありました。それは、未来の情報を映像として出力するのではなく、脳に直接送り込む方式です」

（ヘッドマウントディスプレイで映像を見るような……と思いたいところだけど、SF世界の電脳化みたいな所まで行ってる感じか。さすが魔法……）

「その術式を実行し、わたくしはその日、ひとつの未来を見ることに成功しました。まぁ……その後、意識を失い三日三晩昏睡状態、お父様に大目玉をいただき、研究室には出入り禁止になったのですが」

「ええ……やっぱ危険なんじゃん」

（この世界でも、行きすぎたアイディアだったってことだよな。実際この子、型破りなすごい魔法

使いなんだ）

「わたくしが見た未来の情報……それは、大規模な黒魔女狩り。それによって……アーネスさんは命を落としてしまう。正確な時期は判りませんが……そこで見たわたくしは大人の姿でしたので、おそらく残り時間はあまりないはずです」

その時に見た光景を思い出し、ユーオリアの表情が曇る。

ヨウジはその顔にウソはないと感じたが、そもそも予知の魔法が正しく機能したのか疑問もあった。

「黒魔女狩り……ね。今もすでに、黒魔女は迫害されてるんだろ？」

「はい。現状もよくはないですが、ある事実が判明し、人々は黒魔女を……いえ、アーネスさんを殺さなければならない、と思い込んでしまうのです」

（ある事実……さっき夢で見た『終焉の魔女の生まれ変わり』ってやつか？　やっぱり違和感あるな。俺の見たアーネスは、殺されるどころか順調に成長し、立派な魔王に……。どっちの未来も可能性のひとつ、ってことか？）

「予知の映像は、わたくししか見ていません。それを今日まで、誰にも話さずに生きてきました。もちろん、アーネスさん本人にも知られてはいけない。今日こそは連れ帰るはずでしたのに……」

恨めしそうな目で黒狼《ヨウジ》を見上げる。

ヨウジにとっては『そんなこと言われても』なのだが、彼女は彼女でひとり背負い込んで努力してきた末の感情があった。

「わたくしの目的は……予知が現実にならないよう、アーネスさんを保護し、『黒魔女は危険な存在ではない』という研究結果を公表すること。脅されたからとはいえ……このことを打ち明けるのは、あなたが初めてです」

そう言うと彼女《ユーオリア》は、今出せる限りの虚勢を搾り出し、黒狼《ヨウジ》の目をキッと睨みつけた。

「聞いたからには…………わたくしに協力……してくださいますわよね？」

（この子は……どうやら本気でアーネスの身を案じてるらしいな。正義感？　博愛精神？　どうして、そこまで？）

「君がアーネスを死なせないように尽力するのは……なぜ？　黒魔女なんていない方がいいと、みんな思っているんだろ？」

「……伝わる情報を漠然と信じる方々は確かにいます。アーネスさんはすべての人がそんなものだと思っているでしょうし、実際そう思って当然の仕打ちを受けてきたでしょう」

ユーオリアは一度唇を噛み、視線を落とす。

が、すぐさま憂いを振り払うように精悍な顔を上げた。

「当たり前のことを言いますが……アーネスさんは同じ人間。わたくしは、黒魔女が不幸を呼ぶとは思いませんし、すべての人が思うべきではないのです。こんな馬鹿げた憎み合いを続けて、アーネスさんを死なせることになったら……人類《わたくしたち》は終わりです！」

「ッ……あ、ああ、その通り……だと思うよ」

（あれ……なんか胸がギュッと締め付けられるような……泣けてしまうような。この名言……これをアーネス自身に聞かせたら、もう闇堕ちは阻止できるんじゃ？）

チラと振り返る。が、アーネスは今もただ立ち尽くしていた。

「う…………んうう……ッ」

（うなされてるみたいだ……同じ夢を見てるんだろうか？　もしかしたら、いつもこんな風に悪夢に苦しんでたのかもな）

ドクン

（召喚モンスターくらいは話し相手になってくれていたんだろうか？　辛い日々でも、ひととき癒される趣味くらいはあるんだろうか？　笑うと、どんな顔をするんだろうか？）

ドクン

（アーネスを助けてやりたい気持ちが胸の中でどんどん大きくなってる。まるで俺の中に特殊な気の流れが実際に湧いているような。使い魔として備わっているチカラ？　いや……これは元々、俺の中《こ》にあった気がする……）

ドクン
（そうだ……この熱さ、これは推《よ》し《ぞ》を《ぎ》推《み》す時の活力と同じだ。推しの笑顔を俺が作ってるんだって……それくらいの気持ち）

ドクン！

（いっちょ、やってやるか。俺は今から…………**アーネス推しだ!!**）

「ウオオオ――――――ンッ!!!」

天を突き上げるかのように仰け反り、黒狼が吠える。

その瞬間、彼の中で発生した爆発的な魔力が、同期《リンク》するアーネスへ逆流する。

突然注ぎ込まれたエネルギーに、アーネスの体は電気ショックを受けたように弾けた。

「うあああぁぁぁあああッ!!」

アーネスの体のあちこちに金色の魔法陣が現れ、彼女は光で埋め尽くされていく。

魔法陣が増えるたび、アーネスの悲痛な叫声が上がる。

まるで体を八つ裂きにされているかのような声に、ユーオリアはハッと我に返る。

「アーネスさん!?　な、何が起こっているのですか？」

目映い光の繭となったアーネス。悲鳴も、もう聞こえない。

呆気にとられていたユーオリアだったが、黒狼がゆっくりと動き出したのを視界の端で捉え、ビクッと身構える。

「な、何を……やめっ！」

爪と爪の間にバチバチと火花が走り、自前の爪とは違う紫色の光の爪を3本構える。

それは、光の繭に向けられ……その構えのまま、黒狼は特殊な吠え方を始めた。

「やっと出会えた俺の姫！　アーネス最高かわいいよ!!　人生懸けて笑顔にするぜ!!!　世界で一番輝いて!!!」

魂の咆哮《コール》は、陽司《オタク》にとってのスペル詠唱。それを完遂し、光の爪を振り下ろす。

「『魔装転凛《アイドライズ》』!!」

ガシャン！　盛大に氷が砕けるような音とともに繭が割れ、中から黒い光が撒き散らされる。

一体何が起こったのか。繭の中のアーネスがどんな状態で現れるのか。

戦闘の末、村から離れた森の中の少し開けた広場。

観客《ユーオリア》の関心《ボルテージ》が最高潮になるその瞬間、空気の読めない邪魔者が乱入して来た。

「お嬢様！　離れてくだされ！」

短剣を構えたガタイのイイ中年男がユーオリアの前に現れ、繭に向けて魔法を放つ。

光る水流がドウドウと音を立て、アーネスと黒狼を水の牢獄《ヨウジ》に閉じ込めた。

「ウルクス！　あなた……やっぱり来たのね。最悪のタイミングで……」

「どれだけ痕跡を残さぬよう抜け出しても、その魔力を嗅ぎつけ参上します。お嬢様を守るのが、旦那様から仰せつかった私の役目ですからな」

ユーオリアは『いつもながらウンザリ』と『今、大事な何かが起こる途中でしょうが！』が混ざった名状しがたい表情を見せていた。

「何度でも申し上げる。もう黒魔女に関わるのはおやめくだされ。どうせ、お父上がお認めになることはないのですから」

「聞きたくないですわ。わたくしに協力できないなら帰って！」

「天聖竜クラス……これほど高位の召喚霊を喚《よ》んでも負けたのでしょう？　旦那様に知られれば、今度こそ外出できなくなりましょう。さぁ、水牢が動きを封じている間に！」

「あれ？　俺、ちんちくりんの体に戻って…………ん？　水の壁《バリア》みたいなのに囲まれてる……」

ユーオリアが家の事情で説教されているその時。

『木々の匂いが遮断され、水の匂いに包まれている』　寸詰まりフォーム《マスコット》に戻ったヨウジは、そう感じていた。

「あ？　えっ？　アーネス……？」

そんな水の密室の中、ヨウジは、キラキラ光をまとったアーネスと対面する。

「う……ッ？　アタシ……えっ？」

月見坂88が採用していたような学校制服をイメージしたタイプのステージ衣装。

増えたアイテム、紫水晶をはめ込んだ短い杖は、さながらマイクのよう。

黒を基調に紫と金で彩られたカラーリングは、明るくカラフルな色使いが多いアイドルイメージとしては正統派ではないかもしれないが、シックにまとまり可愛らしく仕上がっている。

まさしくアイドルという装いに身を包んだアーネスが、そこにはいた。

「アーネス……なんだよな？」

あらためて確認した理由は、その衣装のせいだけではなかった。

美しい長い髪《ロングヘア》、顔も体も大人の女性のものとなり、化粧《メイク》もバッチリ、さっきまでのみすぼらしい小娘の姿とは別人のようだった。

「アタシ……大人になってる？」

元々、左目が右より暗い色であることを気にしていたアーネスだが、今、その左目は金色に輝いていた。

よく見ると、その黄玉の中にはキラキラと炎が灯っているように見え、それはまるで溢れる魔力が静かに燃えているような。

が……ひとまず細部のことはさておき。

おそらく18歳前後に成長したアーネスの容姿は、陽司を大いに動揺させていた。

「よぞ……ぎみ……」

二度と会えないはずの推し《よぞぎみ》が、目の前にいる。

先ほど夢の中でも感じていたが、懲りずにそう思うほど、よく似ていた。

「尊《とうと》!!」

「え？　な、なんて？」

「あ、いや……な、なんでもない」

うっかり無意識に手を合わせ叫んでいたヨウジは、頭《かぶり》を振って手のひらの肉球を見つめる。

(おいおい……これじゃ本当に、推し《よぞぎみ》の面影を追って肩入れしたみたいじゃないか？　いや、俺はルックスだけで林堂夜空を推してたわけじゃない。中身はまったく違う子なんだから……)

アイドルの本当の人格を知るわけでもないのだが……彼《オタク》にとっては、それが真実。

(俺が変身させた……のか？　アイドルオタなりの……俺の……魔法？)

誰に与えられたわけでもない、アーネスの魔力をベースに彼の中で生まれた魔法。

今まで『自分は何も生み出すことなんてできない』と思っていた甲良《こうら》陽司の心に、えも言われぬ達成感があった。

「魔力も回復してる……っていうか、容量が何倍にもなってるんじゃない？　アタシ、今なら……うん！」

アーネスはニヤリ魔王面《づら》で微笑み、黒の書を空中で開く。そして、パープルクリスタルロッドで魔法陣を空中に描いた。

魔法陣が輝き、黒と緑の混じり合った風の魔法が発現。暴れる小さな竜巻のようなその固まりにアーネスが手をかざすと、エネルギーが一瞬で圧縮され、ブン回しすぎて危険なゾーンに入ったエンジン並みの高周波音となる。

「ムフフ……それっ！」

アーネスが天を指さすと、極細レーザービームのような風魔法が空を撃った。

その瞬間、周囲の気流が混乱するように暴れ回り、旋風の刃が発生する。


「きゃあああああッ!?」

ユーオリアのドレスは旋風に切り裂かれ、あちこちの部位から肌色が顔を覗かせた。

露出多めの色っぽさアピールする服を好んではいるが、さすがに顔を真っ赤にしてへたり込む。

「お嬢様!?　おのれ黒魔女……！」

アーネスの射撃によって、空を埋め尽くす暗雲にポッカリ穴が開き、陽射しが漏れる。

その陽光に、ユーオリアはさらに体を縮こめた。

「くッ……私の水牢など解くまでもないと、あざ笑っているのか？」

「ウルクス！　いいから何か羽織るものを貸してちょうだい！」


水流の壁でハッキリとは見えないが、思った通りの成果。アーネスは満足げに微笑んだ。

「ムフフ……これだけのチカラがあれば、世界を裏返せる！　黒魔女を差別したヤツら……全員、覚悟しなさい？　今度はアンタ達の番……」

「やめ――――――――い!!」

「ひいッ!?　ごめんなさい!!」

ヨウジの一喝に、アーネスは反射的に謝ってしまう。

それはまるで、長い間忘れていた、親に怒られた時の感覚に近い気分だった。

(何なの？　アタシの使い魔のはずなのに、ヨウジの言葉を聞くと従っちゃう。これじゃ、上下関係があべこべじゃないのーっ！)

「ハァ……色々言いたいことはあるけど、さすがに根が深い問題か」

（やっぱり、この子はよそぎみじゃない。でも……俺がこの子に召喚されたのは、何か運命的なものがあるのかもな）

「アーネス、君は俺をこの世界に喚び出し、生きる希望である推しと引き離した。その責任をとってもらう」

「責任とる……って？　何させる気!?」

「君には…………俺が推せる、国民的アイドルになってもらう！」

パープルのペンライト……ではなく、魔力で灯した光の爪をビシと突きつけられ、アーネスは目をパチクリさせる。

「アイドル……さっき言ってたやつね。歌ったり踊ったりしろって？　なんでアタシがそんなことしなきゃならないのよ」

「そうか……あらためて、『アイドル』という概念がない世界なんだな。やっぱりこんな世界、一度ひっくり返した方が……いや、いかんいかん」

アイドルのこととなると簡単に魔王側思考へ行きそうな陽司にもかなり問題あるが、今のところ、魔王爆誕を阻止できる最有力候補は、この男らしい。

「この世界のエンタメ事情がどの程度かわからないが、ただ娯楽として歌い踊るだけじゃない。その人物像に目が離せなくなるような……自然と人を引きつける特別な魅力を振りまく唯一の存在になることなんだ」

「それは……宗教？」

「うーん……似たところもあるけど、違うな。ただ品行方正な聖人が求められるわけじゃない。時には心を救ってくれる女神であり、時には俺達と同じようにお菓子を食べるクラスメイトであり……ん？」

熱弁しながら、自分達がいる部屋内の水位が上がりだしたことにヨウジは気付いた。

「ウルクス、あなた何をしているの!? アーネスさんを溺れさせるつもりですか!?」

「私の水牢は、内部の者を溺れさせることはありません。が、しばしあの水に浸かっていれば……」

水の箱は、アーネス達の足が浸かっているであろう底側から、まるでイカの墨が水中で広がるかのように黒く染まりだす。

それはみるみる水牢全体に広がり、ユーオリア達の目の前に真っ黒な箱が出来上がった。

「黒魔女の魔力をすべて吸い出し無力化する。そのまま眠らせ、封印状態にしてしまえば……この世界にとって最善です」

「なッ……おやめなさい！　あなたひとりの判断で、そんな勝手は許されませんわ！」

「黒魔女に関わる者に災いあり……私ひとりの犠牲で世界が救えるのなら合理的というもの」

「ッ……このおバカッ‼」

パン！

手袋越しの少しくぐもった平手打ちの音が響く。

「仮に災いが真実だったとして……犠牲はアーネスさん、狼さんを含めて最低3名ですわよ！　自分だけが尊い犠牲のつもりで……真に他人のことを考えているわけではない自己満足になっていませんか⁉」

「うッ……いや、私はお嬢様の付き人として…………むぅッ⁉」

動揺したウルクスが手を緩めたわけではなかったが、黒い箱は膨張を始める。

「くッ……まだ潜在魔力があるのか⁉　一体どこまで……」


「――で、ライブの開催自体が危ぶまれたんだけど、メンバーがスタッフに直談判して……」

水面にプカプカと浮かびながら、ヨウジはアイドル論を語り続けていた。

「ちょ、ちょっと！　もういいわよ！　今、そんなのんびり語ってる場合なの？」

『こんな魔法、簡単に打ち破れる』と思っていながらも、ヨウジがいると自由に行動できないアーネス。

理不尽だが、とにかく話を合わせるしかないと唇を噛む。

「じゃ、俺が推せるアイドルになるってことでいいかな？」

「……わかったってば！　もう！　って言っても、アタシ歌も踊りもできないし、アンタの思い通りにならなくても知らないわよ？」

「ふむ……」

ヨウジは、自分の中に使える魔法の理《ことわり》がいくつもあることを感じていた。が、使い方がわからない。

「俺自身も魔法使えるっぽいんだよな。頭に思い浮かべた音楽を鳴らす魔法ってある？」

「ハア？　アンタ……魔法を何だと思ってるの？」

「自然のエネルギーみたいなものを借りて、こちらが組んだプログラム次第で色々できるって感じだよな。一応、社畜SEやってたし、入力方法さえわかれば……」

ヨウジは試しに自分の手を見つめ、念を込めてみる。

アーネスが出したミニ竜巻のようなものが現れ、聞きようによってはエレキギターのような高い音がキュインと鳴る。

「独自の魔法編み出す、なんて高等技術をサラッと始めないで欲しいんだけど……ま、そこはさすがアタシの使い魔よね。アタシと同期《リンク》したことで基本術理は備わってるようだし、うん」

アーネスは観念したように溜息をつき、空中に浮かせた黒の書を目の前に掲げる。

「まずは媒体《アイテム》を決めること。たとえば、アタシは『書物』が特に適合する媒体《アイテム》」

ヨウジはアーネスの本をあらためて見つめる。よく見ると、その一部には小さな錠前がかかっており、開かないページがあるらしいことがわかる。

「この黒の魔本は……アタシにとって特別なものだったりする。そういう執着なんかも効果に関わってくるの」

「ふむ……媒体《アイテム》か」

「それさえ決まれば、起こしたい現象をイメージして、どれだけの理霊元素《エレメント》をどういう形で組むか術式を決定。自分が発現しやすい言葉に乗せて魔力を注ぎ込む……ま、そんな簡単にいかないだろうけど、うん」

「とはいえ、今この場に特別なアイテムなんて……」

いよいよアーネスの胸元にまで水位が上がってきていたが、ワンコ《ヨウジ》はぼんやりプカプカと水面にたゆたっている。

たまらずアーネスが口を開こうとした時、ヨウジが呟いた。

「よし、俺の媒体《アイテム》は……『人間《ヒト》』にする」

「ハァ!?」

「俺はアイドルオタク。一番思い入れられる媒体は……やっぱり『アイドル』だ。起こしたい現象にも直結してるし、我ながら名案だな」

「媒体《アイテム》は道具《アイテム》であって、魔法の常識的には……ちょ、聞いてる？」

ワンコ《ヨウジ》は立ち泳ぎ状態で、短い両手をアーネスに向け瞼《まぶた》を閉じる。

掌の先に黒と金の結晶が生まれ、そのふたつがぶつかり合いキンキンと高い音が鳴り響く。

「なっ……ヨウジの魔力が膨れあがってる!?」

光をまとったワンコ《ヨウジ》の体が空中に浮き上がり、足下の水面には幾重もの波紋が刻まれる。

ふたつの結晶は衝突するたびに大きくなっていたが、突然双方ともに砕け、無数のカケラが飛び散った。

そのカケラ達はアーネスに降りかかり、まるで天使の輪のように頭上で魔法陣を描き出した。

「アーネスまだまだ成長途中！　初ライブ俺らがサポートするぞ!!　今回君がやるべきは!!!　とにかく心の笑顔の努力!!!」

ヨウジの詠唱《コール》を合図に魔法陣から光線が放たれ、アーネスの全身を優しく包む。

その光は輝きを増し、周囲の黒い水を一瞬で金色に塗り替えた。

「えっ？　水牢が……きゃっ!!」

「ぐあぁッ!!」

金色の水牢が弾け、術者であるウルクスが吹っ飛んだ。

水しぶきは紙吹雪のようにキラキラと舞い、上昇気流とともに空へ。

先ほど穴が開いた程度だった暗雲が完全に晴れていき、青空が広がる。

ユーオリアは布きれを抱きしめながら、金色の水蒸気スモークと光の洪水の中、細めた目で彼女《アイドル》を見ていた。

「とびきりアイドル！　ちょっぴり魔王？　災いよりもハッピー届ける！　『あーにゃん』こと、黒魔女アーネスです！」

照れ笑いのようなあざとい表情、光の中から現れたアーネスはクルクルと指ジェスチャーを交え、自己紹介キャッチフレーズを披露。その顔に迷いの色は見えない。

金の水牢が形を変えた舞台《ステージ》、そこに立つアーネスは、プロのアイドルの顔になっていた。

本来なら、客席からファンの歓声が起こるところだが、たった３人（白竜含む）の観客は呆気にとられた顔で彼女《アーネス》を見つめていた。

「それでは、聴いてください！」

「『Black Heart White Sun』」

アーネスが目を閉じると、どこからともなく楽器の演奏が聞こえてくる。それは月見坂88の4thシングルにある楽曲。

現代世界なら『アポカリプティックサウンド』とでも呼ばれそうな、魔法による壮大な音源再生。自然界の理霊元素《エレメント》を使って音を作り、無理やりＪＰＯＰを鳴らすという豪腕。

スカートの裾を振り、優しく優雅なダンスを踊るアーネス。

イントロが終わると、目をパッチリと開き、眩しい笑顔で歌い出した。

――ねぇ、これから始まる私達の物語――

――どんな展開になるのかな――

――人を誘惑するモンスターがいて――

――君がまんまと虜になっちゃうピンチ――

――私は嫉妬深い性格で――

――怒っちゃうかもしれないな――

――Black Heart White Sun――

――この心に光照らして――

――君の魔法で塗り替えてみて――

――君とずっとこの世界で生きていきたいから――

――何があっても君を信じるから――

――そばにいて――


輝きの中、アーネスは歌い舞う。その姿はまさしくアイドル。

(アタシの体、こんな風に動けるものなの？　踊りなんて、真似事でも全然ダメだったのに……)

頭の中に振付の情報が流れ込み、その通りに手足が動く。とはいえ、成長した体がダンスに対応できるコンディションだということ。

(知らない歌が喉から生まれてくるのも、すごく気持ちいい！　歌うって……こんなに気持ちいいことだったんだ。上がるぅ！)

本人も気付いてはいないが、その歌声には、人には聞き取れない音がひとつ溶け込んでいた。

それは、魔力が音波として出力された情報《データ》。そこに書き込まれているのは、これまでアーネスが育んできた感情が圧縮されたもの。

今、魔装転凛《アイドライズ》したアーネスは、潜在魔力を１００％引き出せており、この歌魔法が観客《ギャラリー》に与える効果は絶大だった。

「うっ……胸が苦しいですわ…………涙が……止まりません……っ！」

胸をギュッと押さえながら、ユーオリアはボロボロと涙を溢れさせていた。

が、その表情は、最高に嬉しくなるプレゼントを貰った時のような笑顔だった。

(アタシを見る人が笑顔なの……嬉しい！　もっと……もっと、アタシを見て！)

歌うアーネスの笑顔も、人生すべてに感謝するように弾ける。

それを照らし出すライトアップ。水蒸気スモーク。

陽司が転生前に見てきたものとは比較にもならないシンプルさ。

それもそのはず、魔法初心者が自己流で出したステージ《ステージ》演出なのであり。

だが、それは、ユーオリア達にとっては衝撃的な視覚情報だった。

「綺麗……まるで天使が舞っているようですわ……」

「な、何なのだ、この歌は……私はなぜ、涙している？」

「キュウ～……！」

そんな３人の観客とは少し離れた裏方の位置から、ワンコ《ヨウジ》は光の爪を振り、すべての魔法を制御していた。

本来なら、ライブを統括する監督の仕事だが、あくまで一オタクとしてペンライトを振り、推しを支えるスタイル。彼の矜持の表れだった。

「ありがとうございました！」

曲が終わり、アーネスは息を切らしながら頭を下げる。

ユーオリア、ウルクス、果てはフェルオースまでもが拍手で讃えた。

「アーネスさん……なのですよね？　とても綺麗になって……それでいて可愛くて。こんなの……非魔法学的ですわっ！」

「黒魔女の幻覚魔法による精神攻撃……そう思っているのに、このウルクス、あらがえん！　アーネス、いや、あーにゃん……応援せねば！」

「キュキュウ〜〜〜ッ！」

初ライブの証人となったそんな観客達に……ヨウジは高々とペンライトを掲げ、声をかけた。

「君らの胸の中に生まれたその気持ちは……『推しごと』へのヤル気。推し《アイドル》が尊い、推したいという気持ち。君達はもう立派なファン……『オタク』だ！」

「オタク……よくわからないですけど、なんだかしっくり来る言葉ですわ」

今まで陽司が避けてきたファン同士の交流や共感。

今、それをあらためて感じ、ヨウジはこの世界でやるべきことを再確認する。

（アーネスが、この国でトップアイドルになるのを見届ける。人々に忌み嫌われる黒魔女が、逆に、希望を与え愛される存在になるんだ。まずは、このファン第2号〜第4号にファンサを……）

「ハッ………あ？　え……ひッ！」

「アーネス!?」

突然、アーネスは我に返ったような顔になり、ステージ上で倒れた。

亀のように縮こまる彼女に、ヨウジは慌てて駆け寄る。

「ど、どうした!?　まさか無茶な魔法で、体に影響が……!?」

「はッ……はッ…………恥ずかしいッ！」

ヨウジの魔法《プログラム》通り、操り人形のように歌い踊らされていたアーネス。

パフォーマンスしている最中は表現する喜びも湧き上がっていたが、魔法の効果が緩んだ瞬間、まとめて羞恥心が襲いかかってきた。

「何だ……よかった」

「よくないわよ！　てゆーか、体もあちこち痛いんだけど!?　他人《ひと》の体を何だと思ってるのよ！」

「トレーニング不足だな。『可愛けりゃなれる』と思ってる人もいるけど、アイドルというのは、一般人がテレビだけで見てる分にはわからない体作りとか陰の努力が……」

「？？？　ちょっと！　わけわかんないことばっか言ってないでよ！」

アーネスが駄々をこねるのを呆然と見ていたユーオリアだったが、そこでハッと我に返る。

「わたくしが見ていたのは……幻覚魔法？　いえ……」

恐る恐るという表情で、アーネスに近付く。いい意味でも悪い意味でも、近付きがたいオーラを感じていた。

「アーネスさん……まさか、時を操作するような超高等魔法まで使えるのですか？」

「そ……そうよ！　アタシの魔法はアンタ達とは違う規格外のチカラ！　これ以上つきまとって来たらアンタなんか――」

いつも通り悪態をつくアーネスの体が、まるで一時停止ボタンを押されたかのように一瞬止まり、すぐまた動き出す。

「一生、アタシを推したくなる魔法かけちゃいますからね☆　これからも、よろしくお願いしまーす！」

突然ウインク&リップサービスしだすアーネスに、目を白黒させるユーオリア。

ヨウジが再び魔法《プログラム》を動かし、アイドルムーブを実行させていたのだった。

「アイドルにとって、ファンは何よりも大切な存在。その気持ちを100%にできないアイドルもいるだろうけど、それを見せないようにすることが義務だ。まずは、そういう基本の精神を身につけてもらわないとな……」

「え……ワンちゃんさん？　今、何とおっしゃいました？」

「おっと……いや、俺はしがない一ファン。君達が新規ファンとして続いてくれたら嬉しいな、とね」

「そ、そんな言葉でしたかしら？」

なんとか誤魔化そうとしていると、またアーネスへの魔法効果が緩む。

またもや思ってもいないセリフを言わされ、アーネスは爆発寸前だった。

「ほんと何なのよ！　もぉ————う!!」

ボフッ！

絶叫とともに、アーネスが突然スモークに包まれた。

その煙の中から……虹色の光球が浮かび上がる。それは目にも留まらぬスピードで、ヨウジの胸に飛び込んだ。

「うぐッ!?」

衝撃に、一瞬目が眩む。が、視界はすぐクリアに戻る。

「な、何だ今の……？」

戸惑うヨウジの目の前、スモークの中から、元の姿に戻ったアーネスがフラリと倒れ込んできた。

「おっ……と！」

体に力が入らないらしいアーネスを、ヨウジはちっこい体で何とか抱き留める。

「も、元に戻っちゃった……魔力も切れてるし。制御しきれてないってことなの？」

（俺の魔法の限界か……魔装転凛《アイドライズ》できる時間が決まってるのか？　それとも、アーネスへの負荷が大きすぎるのか。何にしても、アイドル活動のためにシステム解析が必要だな）

「おふたり共、大丈夫なのですか？　とにかく一度わたくしの専属医師に診せて……」

その時だった。カッと雷鳴が轟き、そこにいた者すべての視界が真っ白になる。

「な、何だ!?」

「黒魔女アーネス、および、その使い魔。トーカティア王命騎士団の権限で、両名を拘束する」

男女のイイ声が、寸分のズレなく告げた。

鎧をまとったふたりの剣士。その後ろには、数名の部下が続く。

「王命騎士団・第二師団団長、リファアナ・マーヴェンライトである。これまで黒魔女には干渉することなく監視にとどめられていたが、今より国の管理下に置くこととなる。おとなしくせよ」

艶《つや》はあるが、融通の利かなそうな性格を思わせる凛とした声で、リファアナと名乗る女性は冷たい眼差しを向ける。

肩の上で切りそろえた金髪、鋭い光を宿す琥珀色の瞳。

美しい女性だが、本人は『立場上、恥ずかしくない見た目さえ保っておけばよい』と思っていそうだった。

男性の方はまだ少年っぽさを残し、男性アイドルグループの可愛がられ枠のような初々しさがある。

ふたりはそれぞれの剣を頭上に掲げ、重ね合わせていた。その交差する部分から魔法陣が浮かんでおり、そこからバチバチと電気のような魔力がほとばしる。

「な、何だあいつら……アーネスを拘束するって？」

「王命騎士団第二……魔法騎士団『白夜《びゃくや》』の精鋭、マーヴェンライト姉弟ですわ。そんな……国はまだ動かないはず……」

トーカティア王国の騎士団のうち、魔法に特化した者が集められた第二師団。通称『白夜』。その中でも精鋭とされる数名の中に、リファナ・マーヴェンライトとユイット・マーヴェンライトはいた。

魔法特化といえど、女性の騎士は多くない。そんな中、魔法でも体術・剣術でも上位に入る実力を示し、リファナは1年前、28にして団長に任命された。

そんな姉を目標に鍛えてきた弟ユイットももちろん優秀な騎士だった。

珍しい姉弟騎士ということもあり、国民からの人気も高いふたりである。

「音楽による幻覚魔法……民の心を惑わし、反逆を企てる疑いありと判断した。黒魔女は王都へ連行した後、嘘が許されない真実の間にて審問にかけられる」

「アーネスの歌が……推《アイドル》しの歌が反逆の道具だって言うのか？」

リファァナの冷たい宣告に、ヨウジの中でプチッと音が鳴った気がした。

「今のパフォーマンスを見て、聴いて、その上で罪人として捕らえようというのなら……全力で抗うしかないな」

「使い魔よ、その言葉、確かに聞いたぞ。戦闘の意思を確認。ユイット！」

「はい！」

ふたりの重ねた剣が十字の形になり、魔法陣が強く輝く。

再び雷鳴が起き、今度は音と光だけではなくアーネス＆ヨウジに稲妻が降りかかる。

「ひあ……ッ！」

あっという間に、ふたりは白く輝く十字架にかけられ、身動きの取れない状態で宙に浮いていた。

その十字架はバチバチと電気を帯びており、対象者を麻痺させる効果があるようだった。

「よし、このまま連行する。ユイット、絶対に目を離すな」

「はっ！」

「ちょ、ちょっと！　リファナさん、待ってくださいな！」

テキパキと今まさに二本の十字架を連れて行こうという騎士達に、ボロボロの布きれを抱きしめ

たユーオリアが駆け寄る。

「本当に国の命で動かれているのですか？　確認させてください！」

「ああ、ファイネルのお二方にも話を聞かせてもらうが……黒魔女の連行は不測の要素を排除せねばならんので、一緒には行けない。追加の兵が迎えに来るまで、ここで待機していただく」

とりつく島もない、という口調でリファナは言い放つ。

ユーオリアは焦り、リファナのマントを摑み、食い下がる。

「彼女《アーネスさん》は反逆の意志を持って歌ったわけではない……と思います！　一度ファイネル家で身柄を預かり、話を聞きますので……ッ」

そんなユーオリアを、弟騎士ユイットが腕で制す。まるで、汚らわしいものを見るかのように眉根を寄せながら。

「ファイネルのお嬢様、あなたがすでに魅了魔法《チャーム》をかけられていると想定しているのですよ。他の者へ汚染が広がらないよう、隔離の上、検査が必要ですから」

「わたくし、魅了魔法《チャーム》なんてかけられていませんわ！　あなた達こそ、国のためを想うあまり、真実が見えなくなっているのではありませんか？」

「騙されている者こそ、そう言うものです。姉様のすることに間違いはないのですから、おとなしく言う通りに……」

「ユイット・マーヴェンライト!!」

リファナが強く弟のフルネームを呼んだ。ユイットは顔を強張らせ、姿勢を正す。

「は、はいッ！」

「また『姉様』と言ったな。何度うっかりすれば気が済む？　罰をもっとキツいものにした方がよいようだ」

「も、申し訳ありません！　団長！」

ユイットへの個人的な指導のあと、リファナはユーオリアにあくまで事務的な視線を向ける。

「部下の非礼を許されよ。だが、それはそれとして、検査を受けていただくことは国の方針。ご理解いただきたい」

「い、いえ……。わたくしも国に逆らうつもりではないのですが……」

国にとっても重要な豪商の令嬢ではあるが、家《ファイネル》としてではなく独自の意志で動いているユーオリア。

黒魔女《アーネス》に執着する行動を追及されることは、家のためにも避けたかった。

村はずれの騒動が終わるのを心配そうに待っていた村人達の前に、2本の十字架を連れた魔法騎士団が帰ってくる。

「騎士様、俺らは黒魔女をかくまっていたことになるんで？」

「あなた達は何も知らなかったのでしょう。そんな心配は要りませんよ。建物の損害など、報告していただければ対応するので、まとめておいてください」

ユイットは部下に指示し、村人の不満を和らげる対策をとらせる。こういった対応は姉の方は不器用で、外ヅラのいい弟が適任であった。

「騎士様、ありがとうございます。これで黒魔女はもう、この村に帰ってくることはないんですね？」

「空き家とはいえ、無断で住んでいたようですしね。どのような裁定がされるか判りませんが、国の施設に入る可能性が高いでしょう」

「よかった……村はひと安心ね」

「…………ふん」

アーネスの溜息を、ヨウジはいたたまれない気持ちで聞いていた。

（実際に人の声を……人の意思を感じると、よりアーネスに感情移入してしまう。こんな極端な、残酷な思考をする村人、本当にいるものか。いや……現実世界でも、直接聞くことがないだけで、そんな市民はたくさんいたか）

ヨウジの心がしんどくなっていたその時、ひとりの老人がアーネスに近付いて来た。

「アーネス、久しぶりだね」

「院長先生……ッ」

その顔を見て、ばつの悪そうな表情を見せるアーネス。

顔を背けようとするが、拘束されているため自由が利かない。

(院長……『昔、ユーオリアが孤児院にアーネスを引き取りに来た』みたいなこと言ってたっけ。それまでは、この村の孤児院にいたってことだよな)

「元気そうでよかった……とは、今は言えないかね。でも、アーネスが悪い子でないこと、私はわかっているよ」

優しい言葉。それだけで、アーネスの目に光るものが現れる。

「……アタシ、悪い子だよ。何も言わず出て行ったくせに、結局村に帰りついて、こっそり孤児院の食べ物を盗んでた。もう……アタシのことは忘れてよね」

「知っていたよ。アーネス用に置いてあった食料がなくなっているのを見るのが、私の密かな楽しみだったからね」

院長はそう言って、アーネスの頭をポンポンと撫でる。その空気感は、まさしく家族同様と感じられた。

「だから、何も気にしなくていい。疑いが晴れたら、また帰っておいで」

「…………ふぐっ……」

アーネスの頬にぼろぼろと滴《しずく》が伝い、それ以上何も喋れなくなる。院長は優しい微笑みで、それを見送っていた。

(詳しい事情はわからないけど……アーネスの周りにもあんな人がいたんだ。実際はユーオリアもイイ子だったし、闇堕ちなんて……きっと防げる。きっと大丈夫)

アーネスはひとりじゃなかった。それが判り、ヨウジの心がいくらか軽くなる。

引き続き、前途多難の様相ながら、あたたかい気持ちが胸いっぱいに広がり、彼もまた少しだけ涙した。

2章 冷酷な騎士団と黒い花の指輪

「ユイット、15分休憩とする。馬の給餌、各自の不足分を補給しろ」

「はっ！　皆、15分休憩だ！　何か気づいた点があれば報告を！」

「はい！」

アーネスのいた村から馬で1時間ほど移動した騎士団一行は、森をひとつ抜け、腰掛けられそうな岩場のある川辺へ辿り着いた。

「アーネス、大丈夫か？　全然喋ってないけど……」

「……大丈夫よ、うん。体力も魔力も空っぽだから、少しでも回復しないと……」

フワフワと浮く十字架に貼り付けられたまま、ようやく会話を再開するワンコ《ヨウジ》とアーネス。

「……さて、どうしたものかな」

マーヴェンライト姉弟の魔法は強力なものだったが、実はヨウジにはそれほど効いてはいなかった。

（国家権力だし、あまり心証悪くしないよう、まずは姉弟《ふたり》の会話から情報を得ようと思ったのに……見事に事務的なことしか話さない。人間味がなさ過ぎる）

ロボのような騎士団長に、どういう会話を仕掛けるべきか。よい案は浮かんでいなかった。

（黒魔女が忌み嫌われるまでの経緯は、この世界なりの歴史があるのだろうし、俺は余所者《よそもの》だし。でも……アイドルを否定されるのは、俺の価値観が押し潰されるということ。そりゃ、すんなり受け入れられることはないだろうけど……）

「あの……団長さん？　ちょっと話いいですか」

迷いながらもヨウジが声を掛けると、横からユイットが勢いよく飛んで来た。

「貴様！　使い魔の分際で姉様に何の話があるというんだ？　身分をわきまえろ！」

「……ユイット・マーヴェンライト！」

「はいぃぃッ!!」

どうやら普段から何度も繰り返しているらしいやりとりで、リファナは弟を黙らせる。

「ヨウジと言ったか。お前、本当に黒魔女の使い魔か？」

「そ、それはもちろん。なんで疑うんですか？」

「歌による幻覚魔法、と言った時、黒魔女以上に逆上していただろう。忘れたのか？」

（そうだった……つい瞬間湯沸かし器になってたな）

「いや、話を聞いてもらえなさそうだったので、少し混乱していただけで……」

「私は、むしろお前が黒幕なのではないかと見ているのだがな」

淡々とそう言うと、リファナは鋭い眼光でワンコ《ヨウジ》を穴が開くほど凝視する。

眼光を受けるのと同時にリファナの体臭を捉え、ヨウジは無意識にそれを分析する。

常に清潔感を保ち薄くなっている体臭の中に。何か……闇のような匂いを感じ、ヨウジは身震いした。

「ちょっと、おばさん！　なんでヨウジに聞くのよ。アタシに聞けばいいでしょ！」

「おば…………」

一瞬、その場の空気が凍りついたような気がした。が、リファナの表情はさして変わってはいないようだった。

「小娘が！　美しい姉様に嫉妬しているんだろうが、そんな煽りが効く姉様ではないぞ！」

「煽ってなんかないわよ。アタシ13だし、『お姉さん』て年齢差ではないでしょ？　うん」

「甘い！　先日、非番の姉様が私服で街へ出た時の話だ。学生が同年代と思い口説いてきたという事件があり……」

「ユイット・マーヴェンライト!!」

「はいいいッ!!」

（姉の方は何も落ち度ないのに、弟がバンバンキャラを崩そうとしてるように見えてきたな……）

　これだけ弟による妨害を受けながらも、冷静な表情を崩すことなく、リファナはあらためて口を開く。

「我々は……黒魔女と必要以上の接触をせぬよう命を受けている。私自身が黒魔女《おまえ》を避けているわけではない」

「ウソだ。不幸になりたくないからビビッてるんでしょ？」

「ビビッてなどいない。私は『黒魔女が災いを呼ぶ』などと信じてはおらん」

　その時、リファナは初めて真っ正面からアーネスの瞳を見つめた。

　アーネスの方が面食らい、つい目を逸らす。

「と、ところで……国の命令で監視してたってことですけど、さっきの出来事《バトル&ライブ》、いつから見てたんですか？」

「ユーオリア嬢を尾行《つけ》させてもらっていたので、大方は把握している。まぁ、遠目だったので細かな会話までは聞いていないが」

（俺のパフォーマンス指示も見られてた……か？　と言っても、元々アーネスを強化する役目の使い魔だしな……）

「黒魔女よ、私の立場で言うべきことではないが……世の中、お前達を危険視する者ばかりではない。お前達が迫害されているのを覆えている者もいる」

「……声を上げない人なんて、迫害してる人と変わらないのよ」

「……そうだな。まぁ、それが社会というものだ」

リファナの口元が少しだけ緩んだ。が、それは目の前の人間にもわからないほどの動き。

「私は国に忠誠を誓っているが、もし黒魔女《おまえ》が不当な判決を受けるようなことになれば、声を上げると言っておこう。国が間違った方向へ向かう時も、ただ従うのが忠臣ではないからな」

「何よ、急にイイ人ぶって。今、こんなヒドい扱いしてる時点で説得力ないんだけど？」

「……それはその通りだな。今の話は忘れてくれ。我々は、黒魔女を忌み嫌う冷酷な騎士団だ」

そう言い放ち、リファナは馬の方へ歩いて行く。その背中からは、何の感情も読み取れない。

（悪い人ではないのかもだけど……さっき一瞬感じた闇っぽさは何だろう。白魔法使い……なんだよな？）

「さて……あの言い分を聞いた上で、おとなしく審問を受けるべきか。逃げるべきか。どうする？」

「アンタ……あれだけやって、まだ十分な魔力が残ってるの？　こいつらから逃げ切れそう？」

「巨獣フォームに変身できれば余裕だろうけど……」

（審問にかけられても、逃げてしまっても、国民的アイドルになるためにはどっちも不利ルートだろうな。炎上要素自体はいくらでもメリットになり得るが、国民全体に反黒魔女教育が植え付けられている現状では、リアル魔女裁判に……)

「アンタが行けそうなら、早くやりなさい。審問なんて……どうせ公平なわけない。黒魔女を陥れるためのものなんだから、うん」

(集団心理の恐ろしさは、どんな世界でも変わらないだろう。そもそも、アーネス自身が実際に危険思想を持ってたのも事実だしな……)

「でも、『逃げた』という事実も世論操作に利用されるだろうしなぁ」

「そもそも黒魔女《アタシたち》は逃げ隠れるのが日常なんだから、たいして変わらないわ」

「それもそうだけど…………ん?」

陽光の中、まるでもうひとつ太陽が顔を出したかのように、その場の者達が光に照らされる。

「ん〜、確かに黒魔女のもとへワンちゃんが来てますね〜」

「え……?」

頭上から降りかかる声に、全員が見上げる。

晴れ渡る青空の中、4枚の光翼を広げた存在《もの》がゆっくりと舞い降りてきた。

「なッ……天使だと？　誰が召喚を……」

常に冷静だったリファナが、剣の柄に手をかけ、警戒を強める。

「ど〜もど〜も。お邪魔しますね〜」

三つ編みに束ねた長い金髪、優しげに細めた目、頭上には円盤状の白い光。

陽司のイメージとも合致する、いかにも天使という長身の女性。

とはいえ、その身には軽装ではあるが鎧が、その右手には大きな盾があった。

「ワーキュライラと申します〜。え〜と、トーカティアの騎士団が黒魔女アーネスを連れて行こうとしてる現場、という認識でいいですかね〜」

のんびりと緊張感のない口調で天使《ワーキュライラ》はリファナに問う。

「……だとすれば？」

「ひとまず、私が身柄を預かります〜。王様にも、あとで連絡しときますので〜」

『殺伐』と『のんびり』が見つめ合う状況、温度差でヨウジの思考がギュイーンとなる。

（何だ、この緊張感のない天使は。こんな神聖サイドの存在が俺達を庇ってくれるのか？　とりあえず女の姿だし、個人的には警戒してしまうけど……）

実際、天使の性別が女性なのかは不明だが、ヨウジは当然のように『やベー女』を想定する。

見たまま人を超えた存在ならば、戦闘能力的に人間がかなうかどうか判らない。そんな危険を前に、リファナの眉間のシワが深くなった。

「ワーキュライラ殿、何者に召喚されたか知らぬが、こちらも引くわけにはいかん。お引き取り願おう」

リファナは剣を左手に持ち替え、縦に構える。

そして、右手をその剣の腹に添え、天使《ワーキュライラ》を睨みつけた。

一触即発という空気の中、天使は徐《おもむろ》に……そう、悠然と……アーネス＆ヨウジに近づいていく。

（ん……この天使の匂い、この不快感は何だ？　無機質というか、生《せい》を感じない……）

嗅覚から来る違和感に、ヨウジは少し戸惑う。

（天使って、生き物じゃないのか？　それとも、召喚霊ってやつだからか？　これと比べたら、今の俺《じぶん》の臭いとか『生きてる』って感じで心地いいもんな……）

「クサいわね……うん」

「え、マジで？　そんなこと言われても……転生させられてのこの体だし、ちょっと我慢してもらわないと……」

「違うわよ！　この天使がうさん臭いってこと！」

そもそもネガティブ気質で疑り深いアーネス、ヨウジとは違う感じ方で天使《ワーキュライラ》を警戒していた。

「とはいえ、『連行中に逃げた』より『天使が身柄を引き受けた』の方が世論の印象はよさそうだよな」

「でも……リファナが言ったように、あの天使を召喚・指示してるヤツがいるはず。何者かの思惑があるってことよ、うん」

そんなことをコソコソ話しているうちに、天使《ワーキュライラ》はふたりのそばへ降り立ち、指先でチョンと触れただけで白の十字架をシャボン玉のように破裂させる。

「さ〜、おふたりとも、行きましょうか」

「……逆らわない方がよさそうね、うん」

得体の知れない大きな力を感じ取り、アーネスは魔本から手を下ろす。

「………私が甘かった。お前達に選択の余地など……ない！」

突然、怒り心頭という形相のリファナが、右の手甲《ガントレット》のベルトを歯で緩め、その腕を振る。

すっ飛んだ手甲《ガントレット》が、ガランガランと音を立て転がる。

その中から現れた女性らしい手、その中指には黒い宝石の指輪が塡《は》まっていた。

「国の意志は絶対！　審問を受けぬなら、この国に存在することは許さん！」

「姉様？　その指輪は……！」

ギンッ!!

問いかけるユイットに一瞥もくれず、リファナは指輪付きの拳で剣の刃を殴りつけた。

ビシッと音を立て、指輪の石にヒビが入る。砕けたそれは、まるで花が開くように形を変え、ただならぬ魔力を湧き上がらせた。

「黒の魔力……！　何よ、リファナも黒魔女《おばさん》に憧れてたってこと？」

「国の判断は、すべて国のためを思ってのものである。それに逆らうことは国を否定することと知れ！」

「話が通じてないみたいね……うん」

指輪が塡まった指から黒い茨がリファナの腕に広がり、顔にまで到達。まるでタトゥーのように白い肌を彩る。

リファナの魔力を吸い上げているのか、白い光《オーラ》が指輪へ集まっていく。

本人の魔力を倍増したような膨大なエネルギー。それが指輪から灰色の光《オーラ》となって噴き出し、ローブのようにリファナの体を包む。

威厳ある白騎士だったその姿は、怪しく灰色に光るローブをかぶった悪魔崇拝教徒かのように変貌した。

「あの黒い指輪が〜、女騎士さんの欲望を肥大化し、正気を失わせてるんですね〜」

「欲望を肥大化……？　天使《あんた》、何か知ってるのか？　弟くん《ユイット》も指輪のこと知ってたようだけど……」

ヨウジからワーキュライラへの問いかけに、ユイットが悲痛な面持ちで口を開く。

「ここ最近……黒い指輪を持つ魔法使いが事件を起こしているのです。対策を考案中だったのですが、まさか姉様が……。信じられない……信じたくない！」

「魔法使いを暴走させる薬物みたいなものなのか？　だとすれば、騎士団としては大問題だな……」

「ち、違う！　姉様が自分の意思でそんなものに手を出すはずがない！　何者かの謀略か……」

ブオン！　ユイットの言葉を掻き消すように、リファナは剣をひと振り。

そして、剣を水平に構え、瞼《まぶた》を閉じた。

「リファナ・マーヴェンライトが理《ことわり》を示す！　この命力を素《そ》とし、指した理霊《りれい》の役割はひとたび書き換えられ、異界へ繋がる門となる！　暗雲切り裂き、稲妻の速さで来たれ、盟約の剣《つるぎ》！」

法詞《フレーズ》を詠唱しながら、剣の腹を指でなぞり、術式を書き記す。と、剣先から魔法陣が現れる。

その剣で、リファナは天を突く。魔法陣が輝き、雷鳴が一度轟いた。

「『聖雷大剣オーズヴァイン』!!」

リファナの掲げた剣の上に、ふた回りも大きな剣がゆっくりとせり上がり現れる。

それは、名に『聖』とつくのがふさわしくない、まがまがしい印象の大剣。

「あれが……オーズヴァインだと？　姉様……ッ」

本来、白と金色を基調とした幅広の直剣。のはずが、その色はどんよりとくすみ、いくつも角が

突き出したその形状は、ノコギリのできそこないのような。

呆然とリファナを見つめ、ただ立ち尽くすユイット。想像もしなかった姉の不可解な行動に、頭が真っ白になっていた。


「これより切り取る小世界、私が膝をつく時まで何者も出入りすることを禁ずる。『聖雷理結界《ライトニング・リング》』!!」


リファナはその場でひと跳び、剣を斜め下に構えながら、まるで演舞のように体を捻り一回転。降り立ったのち、流れるような所作の横一閃で締める。

その動きをトレースするように、空中の大剣《オーズヴァイン》はゴウと風を切って舞い上がる。

そして、その場にいる者をドーム状に囲うような軌道で空《くう》を撫でる。

バチバチと雷気を放つ透明のすり鉢を被せられ、ヨウジは溜息をついた。

「今度は、電撃バリアの中に閉じ込められたのか。あらためて考えりゃ水責めもヤバかったけど、電流爆破リングなんて直接的《ダイレクト》にヤバいよな……」

「結界より、あのデカ剣がヤバいわよ。ユーオリアのフェルオースは憑依召喚……こっちの世界用に器を作って実体化させてたってことね。だけど、コイツは異具召喚……つまり、本体そのものが来てるってこと」

「……なんとなくわかるけど、なんとなくわからん」

トーカティア王国の法では、生物を召喚する魔法は禁じられている。

が、依り代に憑依させ『召喚霊』として一時的に存在させる『憑依召喚』は許されていた。

その形でなら、召喚霊同士を戦わせる娯楽《ショービジネス》なども一般的であった。

オーズヴァインは異界の存在だが、生物でないため合法。その力は減衰することなく、本来持つそのままで発揮される。

『合法で強力』なら誰もが選択しそうなものだが、そもそも特殊な才能によるもので、発現できる者はわずか。

ここまでの大物《オーズヴァイン》クラスとなると、国内ではリファナが第一人者と思われるほど希少な能力《チカラ》である。

「私の使命は、黒魔女を生きたまま捕らえること。だが、逃亡の意志あるならば……それができぬ程度には弱ってもらう」

ズシンズシンと足音が鳴りそうな威圧感。リファアナは、一歩一歩踏みしめるようにアーネス達の方へ歩み寄る。

「困りましたね～。私は人に攻撃することはありませんので、あなた達ふたりで何とかしてくださ～い」

「え、マジで？　天使らしく、人を超えた力で何とかしてくれると思ったんだけど。じゃ、アーネス、魔法で……」

「まだ無理ね。てか……使い魔として戦うか、アタシに魔装転凜《アイドライズ》をかけるか、どっちにしてもアンタが起点になるのよ、うん」

(むう……推し《アイドル》には戦わせたくないし、俺が闘《や》るしかないのか。しかし、電撃付きの巨大な剣……やれんのか?)

「えーと……巨獣フォームに変身するための強化魔法くらいはできそう?」

「……先刻《VSフェルオース》は『強化魔法《ブルーム》』が変身のキッカケになったけど、あの姿は本来ヨウジの持つ力よ。自分だけでも……なれるはず、うん」

「それって………『気合』ってこと?」

「騎士だからといって、準備ができるまで待ってくれると思うな!」

巨大な剣《オーズヴァイン》を振りかぶり、そのサイズ通りの重みを感じさせるひと太刀を振るうリファナ。

ヨウジが咄嗟に受け止めようとしたその時、ユイットが間に割って入った。

「ふんんッ!!」

雷の魔力を剣に込め、姉の魔力に反発するような効果で、なんとか巨大剣《オーズヴァイン》の一撃を受け止める。

「弟くん……俺達を庇ってくれるんだ?」

「クッ……今の姉様は正気ではありません。もし、あなた達を死なせてしまったら……姉様は自分を責める。止めなければならないのです……よッ！」

必死の形相で踏ん張り、大剣《オーズヴァイン》をなんとか押し返す。

少しよろけた後、リファナは何ごとかをブツブツと呟き、しばし動きを止める。

それを見て、ユイットは天使《ワーキュライラ》に向かい叫ぶ。

「ワーキュライラ殿！　姉様の欲望が肥大化……と言いましたね？　これが姉様の、本当にやりたいことだとでも言うのですか？」

「そうですね～、『国のために役立ちたい』というのも立派な欲望。それが暴走している感じですね～」

「理屈では解りますが……クッ」

「ユイットさん、あなたにリファナさんは止められないでしょう。このふたりに……任せてみてくださいませんか～？」

ワーキュライラはそう言って、細っこい目でアーネス＆ヨウジを見つめる。

ユイットは唇を噛みながら、悔しそうに顔を背けた。

「やるしかないか。とはいえ、変身しないことには……」

（自分の中の魔力的なものは、確かに感じてる。それは……自分の熱い気持ちというか、感情のパワーと密接したもの。言語化はしにくいけど……）

ワンコ《ヨウジ》はワンコなりにキリッと決心したような顔で、アーネスを見上げた。

「アーネス、俺にファンサしてくれ！」

「ファンサ……って何よ」

「アーネスを応援する俺達……オタクを喜ばせる言動、アピールを見せてくれ。言葉でも、仕草でも、何でもいい。俺が喜ぶと思うことを、自分で考えてくれ！」

「そ、そんなこと言われても……」

（一度繋がって……歌って踊ることもさせられて。ヨウジの中の『アイドル』ってものは、なんとなくわかってきた。けど……男の子が喜ぶことなんて、考えてこなかったもん。わかんないわよ……）

戸惑うアーネス。そんな少女らしい葛藤を待たず、リファナは再び大剣をブン回しながら迫る。

「クッ……あなた達！　何をやっているんですか！」

今度は剣を縦に構え、ユイットは大剣《オーズヴァイン》の薙ぎを受け止めた。

かと思われたが、ユイットの剣が纏う雷魔法の反発……その力を利用し、リファナは大剣《オーズヴァイン》を反対方向へ回転させた。

「ぐはッッッ!!」

あまりの振り速度に反応することもできず、ユイットは反対の横っ腹に一撃を喰らってしまう。

地に転がるユイットに近づき、リファナはその尻をゲシッと踏みつけた。

「まるで鍛錬が足りん！　ユイットよ、まだこの程度か!?　大体お前は、相手の技の組み立てを読む想像力が……」

「も、申し訳ありませーん！」

結果的にユイットがリファナの気を引いているその時……いまだ迷うアーネスに、ヨウジはあらためて吠えた。

「アーネス、お願いだ！　ファンサしてくれ!!」

「う…………も、もうっ！」

アーネスは決死の表情でワンコ《ヨウジ》を抱き上げ、キツく瞼《まぶた》を閉じ、その頬にキスをした。

それは、毛むくじゃらに顔を埋《うず》めただけで、飼い犬を吸ってるだけにしか見えなかった。

が……恋愛経験のないふたりの中では、結構な一大イベントとなっていた。

「ちょっ……これ、ファンサとしては、やりすぎ!!」

ワンコ《ヨウジ》の中で熱いエネルギーの塊が弾け、魔力が溢れ出す。

ビシッと決めるべき変身シーン、不意にアーネスの髪がヨウジの鼻をくすぐった。

「ハッ……クシュン！」

黒い光の幕《ベール》が小さな体を包み、一気に膨らむ。

再び、巨大な黒狼に……と思われた、が。

「……ん？　この慣れた感覚は……」

それもそのはず、ヨウジの体は『大きくなった』とはいっても、人間然とした体に変化していた。

ワンコ時の首輪含めた服装は変わらず、上裸《じょうら》の姿。

容姿は転生前とさほど変わらないが、おそらく10歳ほど若返っている。

そして……その頭には獣人らしくイヌミミが、尻にはシッポがあった。

「なんと……ビックリだ。今後を考えれば、人間態《このフォーム》になれるのはありがたい。が……戦う分には巨獣フォームの方がいいんだけどな」

「…………はう……」

人間態ヨウジの顔に、文字通り見とれるアーネス。

すでに言葉で心を救われ、ヨウジの人柄に惹かれてはいたが、今の容姿はアーネスの好みそのものだった。

そして、それは……アーネスが『やべー女』だという証明であるかもしれないのだった。

「アーネス？　何……ヘンな感じに見える？」

「……ハッ!?　べ、別に……おかしくないわよ、うん」

(あれ？　この感じ……まさか、やっぱり惚れられた？　アーネスを国民的アイドルにする立場と

して、もちろん一オタクとしても、推しのスキャンダルに関わるなんて……もってのほかだぞ）

「おい、アーネス、ボーッとしないでくれよ。スタイル抜群な美少女に変身できるといっても、普段のちんちくりんフォームの時から意識を高く持っておいてくれ」

「ち、ちんちくりんフォームって何よ！　もーう！」

ズドンッ!!

空気が震える轟音と白い輝き。ふたりはその出どころを見やる。

そこには……トドメの雷撃を受けたユイットが、出来たて料理のように湯気を立て転がっていた。

「お、おーい、弟くん？　大丈夫かー？」

「はぁ……はぁ…………も、もっと……もっと叱ってください……ッ」

（うわぁ……ドン引きですよ、ユイット君。アーネスもゴミを見るような顔してるし……。いや、まぁ、少女マンガ的ラブコメ臭を払拭してくれてグッジョブか）

「愚弟の指導で待たせてしまったな。次は……お前達の性根をたたき直してくれる！」

リファナがゆっくりと振り返り、光はないが鋭い眼を向ける。

そんな難敵を前に、すでに魔法陣を描き終えたアーネスは、ヨウジと魔力を同期《リンク》させた。

「ヨウジ！　さっきと同じ！　アンタが魔法を使うのよ！」

巨獣フォーム時と同様に、頭の中心の髪が光り逆立つ。ヨウジの頭の中に、理屈でなく魔法の情報が共有知識として浮かんでいた。

（うん……さっきより、わかる。魔法が。さっき、胸の中に入った光が関係あるのか？　今なら……何でもやれそうだ）

「地の理霊《りれい》よ……俺の命力を素とし、ひと時《とき》、この手を覆う手甲となれ！」

両手のひらでパンと地面を叩く。と、ふたつの魔法陣が浮かび上がる。

円陣に手を差し入れ、抜き出す。その手には、ロボットがロケットパンチで飛ばしそうな岩石製の手袋が塡《は》められていた。

「ほんとはゴム的な対策をしたいところだけど、これでやるしかないな。じゃ……白黒つけますか」

（人間態になっても、身体能力は野生動物のポテンシャルを感じる。大剣《オーズヴァイン》を奪えれば……）

「愚弟とはいえ、あの者は騎士。あやつと同じように受けられるか？」

ゴウと風切り音を上げ、オーズヴァインの横一閃。

ガンッ!!

それをヨウジは、白刃取りの横バージョンで挟み込み、なんとか受け止めた。

「ほう……甘く見たことを詫びよう。さすがは黒魔女の使い魔といったところか」

「この重量を止められるか不安だったけど……重力制御のイメージを混ぜてみたのが巧《うま》くいったみ

たいだ」

本来は、術式を追加しなければならない複合的な魔法。それをイメージだけで実現させているのは、もちろんアーネスと同期《リンク》しているから。

だが、やはりアーネスの転生召喚は失敗しておらず、ヨウジ自身が能力の高い使い魔として生まれたことも確かだった。

「では、戦闘レベルを上げるとしよう。しっかり対応してみせろ」

大剣《オーズヴァイン》がドリルのように回転。奪い取ろうと考えていたヨウジは、思わぬムーブに体勢を崩される。

「構えよ！　実戦で、敵は待ってくれんぞ!?」

「もしかして、入団させられてる感じ？　勘弁して欲しいな……」

リファナは大剣《オーズヴァイン》を引き寄せ、再び自身の剣で支えるように頭上に掲げる。

と、剣の腹を手のひらで叩くジェスチャー。何かのデータが伝わっていくように、剣から大剣へ光が移動していく。

『雷瞬《フラッシュウオーク》』！

頭上に浮く大剣《オーズヴァイン》を突き上げる。瞬間、巨大な剣が掻き消えた。

「消した？　いや……ッ」

結界内に、炭酸飲料の弾けるような音と、轟く風切り音。

よく見れば、大剣《オーズヴァイン》があちこちに現れては消えるのが確認できる。

「あの図体なりのスピードだったから掴めたのに……高速で動けちゃダメだろ！」

真横から飛来する大剣。ヨウジは音を頼りにギリギリで避ける。

リファナは間を空けず剣を返し、別角度から振り下ろす。

躱《かわ》すのが間に合わなくなったヨウジは、なんとか手甲にかすらせ受け流す。

「ヨウジ！　うしろッ!!」

「遅いッ!!」

瞬間移動としか思えないタイミングで、ヨウジの背中から大剣《オーズヴァイン》が襲いかかる。

「ぐあああああッ!!」

バチバチと電撃を浴びせた後、大剣《オーズヴァイン》は『ま、こういうことだ』とばかりにヨウジの肩をトンと押す。

踏ん張ることなどできるわけもなく、ヨウジの膝は地についた。

「クッ……ソ！」

痺れる頭と震える脚で立ち上がるヨウジ。

その脳裏に、ストーカー女にスタンガンを撃たれた記憶が甦っていた。

（『女』って存在は……こうやって節目節目に、俺の人生を邪魔してきやがる。結局、生まれ変わっても変わらないのか）

短く溜息をつき、ネガティブを振り払うかのように頭を振る。

「ヨウジ！　しっかりして！　アンタなら……やれるはずよ！　うん!!」

（そうだ……推しがいれば、がんばれる。それも……転生後《いま》だって変わらない、はずだ！）

深呼吸。手首の内側同士を合わせ、さながら狼のマズルかのように構える。

（瞼《まぶた》は閉じない。心眼とかじゃなく……鋭くなった今の五感を信じる）

空気の流れを嗅覚で感じとり、風切り音で距離を推し測る。視界のアチコチに一瞬見える大剣《オーズヴァイン》の姿が、少しずつハッキリ見えてくる。

（視界から完全に消え……ッ）

そう感じた瞬間、背後に気配——

「ふッ!!」

ギシャッ!!　包丁を研ぐような音が派手に響き渡る。

ヨウジは腕を真上に上げ、背後にいたはずの大剣《オーズヴァイン》に噛みついていた。

「**ハアアアアアアッ!!**」

今度こそリファナの得物《えもの》を封じようと、全力で力を込めるヨウジ。

奪い取れないようなら、へし折るくらいの気で――

「いッ……てえな！　離せコラ！　オウ!?」

「!?」

突然、剣から怒声が飛んできて、ヨウジは焦る。が、その手の力は緩めない。

「うん？　何、あの剣……喋るの!?」

「姉様のオーズヴァインは元々、意思を持つ剣。ですが……あんな不作法な口調ではありません。偽物……？」

「召喚主が闇に染まり、オーズヴァインさんの意思にも影響が出ているのでしょうね～」

ユイットたち観客が大剣《オーズヴァイン》に注目する中、リファナはヨウジとの距離を一気に詰める。

ヨウジはその追撃を視界の端に捉え、咄嗟に手の中の大剣《オーズヴァイン》で、リファナの一撃を払いのけた。

その衝撃に、それを受けた『大剣《もの》』がリファナに文句を付ける。

「痛ェな!!　リファナ、テメエ！　いつもいつも荒い使い方しやがって！　この行き遅れ処女ババア!!」

「……貴様ぁぁぁッ!!」

もはや騎士とは思えぬ鬼の形相で、リファナはギャンギャンと剣を叩きつける。

ヨウジは大剣《オーズヴァイン》のサイズに戸惑いながらも、その猛攻をなんとか受け流す。

「その下品な物言いをやめぬなら、今ここで叩き割ってくれる！」

「やってみやがれ！　カッチカチだぞ！　まぁ、テメエの股ぐらのガードには負けるかもなぁ！」

（そもそも正常な精神状態でない上、逆上するリファナさんの太刀筋……今の俺なら見える。大剣《オーズヴァイン》は思ったより重くない。意思を持つ剣だけあって、本人が本体を制御しているのが判る。よし……）

「そっか……堅物キャリアウーマンなリファナさん、恋愛関係うまく行ってないんですねぇ。美人なのに、もったいないな」

「そうなんだよ、コイツ、見た目だけはいいからな！　周りの騎士《オトコ》どもはみんな『嫁に貰うのはまっぴらですが、夜のネタには使わせてもらいます！　すみません団長！』てなもんだ！　ギャハハ！」

攻撃を耐えながらも軽口を叩くヨウジに、オーズヴァインが下品に合わせてくる。

リファナの眉間に、さらなる怒りの刻印が刻まれる。

「貴様らぁッ！　誇りある騎士団を愚弄するか！　そのような意識の低い者、いるわけなかろうが！」

リファナはそう言い放つも、すっかり存在が忘れられている部下達を睨みつけた。

思わず目を逸らしてしまうその他大勢。弟として気まずすぎるユイットも、つい俯いていた。

「なッ…………貴様らぁッ!!」

「ち、違います団長！　私は……あの、本当に！」

「そんなこと考えてなくても、今の流れで睨まれたら……なぁ、みんな!?」

「お、おう……そ、そうだよな」

「何をボソボソモゴモゴ言っておるか、貴様ら！　騎士らしくシャキッとしろ!!」

リファナの攻撃が止み、ヨウジはやっとひと息つく。

「オウ、コラ……テメエ、ハンパネエ魔力持ってんな？　このままオレを使ってリファナをヤれ！」

「え……力を貸してくれるのか？」

「この堅物オンナには鬱憤が溜まってんだよ！　いいからヤれ！」

大剣《オーズヴァイン》はヨウジの手を引くかのようにその身を振り上げ、リファナの死角から斬りかかる。

ギィン！　その刃が届く寸前、まるで見えていたかのように背中に回したリファナの剣が衝撃を受け止めた。

「私に叩きのめされ契約した剣《もの》がよく言えたものだ。勝てるとでも思うのか？」

「クッ……コラ、イヌ野郎！　しっかり柄《つか》を握れってんだ！」

「わ、わかった！」

先程とは逆に、リファナに攻撃ターンを与えないよう、ヨウジ側が斬りかかる。

が、剣は素人のヨウジ。すべての太刀筋を見切られ、難なく受け流されてしまう。

「そもそも……オーズヴァインを召喚したのは、黒魔女と使い魔《きさま》を生きたまま捕らえるため。間接的な何かを介さねば、ダメージの加減が難しいので……なッ！」

大剣《オーズヴァイン》を一度強く跳ね返し、リファナは剣を水平に構える。

すかさず、剣の腹に法詞《フレーズ》を書き記し、魔法陣を浮き上がらせる。

「雷《いかずち》の理霊《りれい》よ、指し示す術式の通り役割を変え、我が剣に宿れ……」

金色に輝きだした剣を両手で握り、リファナは長く息を吐く。

その金色が一層濃くなり、ヨウジが身構えた瞬間、リファナが動いた。

「『暴雷雨剣《シルバリー・サンダーストーム》』!!」

バチバチと凄まじい音を立てながら、リファナの剣があらゆる角度からヨウジを襲う。

『ただの滅多打ち』のように見えるが、実際は少し違う。

剣が相手に触れる寸前、雷撃による小さな爆発が起こり、その反発する力を殺さず、円の動きで次の打撃へ繋げる、という繰り返し。

その速度とランダム性の高い軌道に対応し続けることは並の騎士にできることではなく、リファナの剣術センス、鍛え抜かれた筋肉、体の柔軟さがあってこそ。

「がはッ…………」

「ヨウジ!!!」

焦げ痕だらけのヨウジは……同じく、いや、より真っ黒焦げの大剣《オーズヴァイン》と共にうつ伏せで地に伏した。

(さっきは大剣《オーズヴァイン》の瞬間移動を見切れたのに……今のは、まったく見えなかった。そもそも雷撃を受けるたび、目の前が真っ白になって……一撃もらった時点で詰んでるコレ……)

「人間でないとはいえ、魔法防壁でのガードも無しでは、もはや立つことはできまい。さて……キッチリと裁かれてもらうぞ」

大剣《オーズヴァイン》を踏みつけ、リファナは冷たく言い放つ。

それを聞きながら、ヨウジはあらためて思う。

(推し活さえあればいい……って人生だったはずなのに。なんで異世界なんかに来て、バトルでボロボロになってるんだ俺は。最初に危惧した通り、漫画やアニメみたいに何でも思い通り巧くいくなんて御都合主義な展開……現実には無いんだよな)

ネガポジせわしないヨウジ。だが、実際、いきなり魔法バトルの世界に放り込まれたら、こんなものかもしれない。

「ヨウジ！　アタシを……黒魔女を、みんなに愛される存在《アイドル》にしてくれるんじゃないの!?」

アーネスが叫ぶ。その瞳からは、大粒の涙がこぼれそうになっていた。

「…………アーネス……」

「変身はしてないけど……ちんちくりんなアタシだけど……歌ってあげるから！　だから……立ってよ!!」

1stライブよりも少し多めの観客《ギャラリー》。伴奏《オケ》無し。そもそも、歌を披露するような状況ではない。

（恥ずかしい……！　そもそも、ちゃんと歌えるの？　今のアタシにやれることなんて、これくらいしかないと思ったから言っちゃったけど……ヨウジに響かなかったら？）

その場にある視線が集まる、ほんの数秒。アーネスの中で、数え切れないほど感情の波が弾ける。

（ううん……ヨウジはアタシを推す『オタク』？　なんだよね……）

震える胸を静めるように、ギュッと手と手を握る。余計なことを考えず、まっすぐに前を向く。

（ヨウジの信条……オタクはアイドルを裏切らない。アタシも……ッ！）

「ぶ……　♪ぶらっくはーと　ほわいとさん　この心にー　光照らしてー♪」

たどたどしく、素朴な歌。

ヨウジと同期《リンク》し、歌詞もメロディも出てくるが、これがアーネス本人の今できる精いっぱいのパフォーマンス。

「歌を聴くだけで強くなれるなら……我が騎士団でもそんな研究をしてますよ……」

「う～ん、どうでしょうね～？　誰が歌うか……誰が聴くか……それ次第でしょうか～？」

「♪君とずっと　こーの世ー界でー　生ーきてーいきたいーからー♪」

「う…………くッ」

アーネスの、今の精いっぱい。それはもちろん、オタク陽司の心に響いていた。

「♪何があーってもー　君を信じるーからー♪」

(推し《アイドル》にここまでさせて……なに弱音吐いてんだ、俺は……)

「♪そーばにいてー♪」

サビを歌い終え、倒れたヨウジをしばらく見つめていたアーネス。

そして……ペコリと一度頭を下げた。

ヨウジにそれは見えていなかったが……その伏せた顔は、今にも泣きそうになっていた。

「くおぉぉぉおッ!!」

曲終わりに歓声を送るかのように叫び、ヨウジは立ち上がる。

勢い余ってフラッとよろけるが、そのまま、転がった大剣《オーズヴァイン》を拾い上げた。

(自分《オタク》のために、推し《アイドル》が歌ってくれる。それ以上……求めるものなんてない！)

胸の中で、熱いものが爆発的に湧き上がる。が、ヨウジは静かにゆっくりとひとつ深呼吸して構えた。

「ふん……さすが使い魔、しぶといな。その生命力なら、遠慮なくもう一度食らわせてやれるというものだ」

すでに『暴雷雨剣《シルバリー・サンダーストーム》』の発動準備に入ったリファアナは、ヨウジの膨れあがる魔力に気付かない。

「これで……終わりだ!!」

リファアナの剣が、金色の光線かのように迫る。その初太刀を、ヨウジの目は確かに捉えていた。

同じく金色に輝く大剣《オーズヴァイン》で、その攻撃を斜角30度ほどで合わせる。

リファアナの雷撃が起爆する瞬間、それを受ける大剣《オーズヴァイン》からも爆発が起こる。

「!?」

バンッ!!

予想外の反発力を制御しきれず、リファアナの剣が弾け飛ぶ。

腕を撥《は》ね上げられ、屈辱にも両手を挙げるリファアナ。

(大剣《オーズヴァイン》の表面で、同じ雷属性の爆発を起こし、衝撃を最大限に殺す……『爆発反応装甲』だっけ？

そんなイメージで試してみたけど、巧くいったかな)

『ヨウジ！　決めなさい!!　必殺技よ！』

『必殺技……自分の中の魔力的なコレをぶつけりゃいいのか？』

『さっきも言ったけど、名前が重要よ！　自分が一番効果を高められると思う言葉を乗せなさい！』

『ま、待ってくれよ、名前なんて……』

決定的な1秒間、魔力の同期《リンク》でアーネスからの指示を聞きつつ、両手を再びオオカミの型《かた》にして全魔力を集中させる。

あとは技名だけ……だが、ヨウジはあまりそういうセンスに長《た》けてはいなかった。

「ガ………『黒狼牙撃《ガウガウ・ファング》』!!」

突き出したヨウジの両手から、狼の頭を象《かたど》った魔力の塊が放出され、大口を開ける。

ガウォン！　膨大な魔力の熱量に、空気が咆哮した。

「**はあああああッ!!!**」

ヨウジは勢いよく、その両手を合わせる。

狼のマズルがリファナの全身を噛み砕くように包み、エネルギー体が弾けた。

バガンッ!!

凄まじい爆発音と、鎧の破壊される金属音。

魔力の素になる理霊《りれい》元素が飛散し、大爆発に見えるのだが、それを間近で見て『まるで戦隊ヒーローになった気分だ』とヨウジは思った。

「くはッ……」

爆発の中から、ボロボロの半裸になったリファァナが現れ、一度膝をつき、倒れる。

ヨウジの勝利が決まった瞬間だった。

「ヨウジ!!」

「姉様!!」

アーネスとユイットが、それぞれ決闘者のもとへ駆け寄る。

「はは……やればできるじゃん、俺も……」

緊張の糸が切れたヨウジはフラリ、倒れ込んでいく。

その体を抱き留めるタイミングに間に合うが……アーネス、迷う。

(ウソ……アタシ、抱き留めるの？　いや、それ以前に体格的に無理じゃない？　でも、避けるわけにも……あーもうっ！)

全開で乙女するアーネス、一大決心で両手を広げる……が。

「わわわっ!?」

倒れながら小さなワンコに戻るヨウジを、慌てて受け取る。

男を感じずに済み、アーネスは少しホッとする。

「姉様！　しっかりしてください！」

自分のマントを姉に掛け、ユイットは悲痛な声を上げる。

ワンコ《ヨウジ》を抱えたアーネスがそこへ近寄ったちょうどその時、リファナの手から黒い花の指輪が、纏った灰色のローブとともに霧散した。

「やはり、装着者が負けを認めると砕け散るようですね。研究のため証拠品が欲しいところですが……」

「うッ……く……」

「姉様ッ!?」

リファナの意識が戻り、同時にヨウジも瞼《まぶた》を開く。

「あ……アーネス？　ありがと……」

「バカ……アンタ、がんばったでしょ。これくらい何でもないわよ、うん」

ぬいぐるみのように抱きかかえられ、ヨウジは気恥ずかしいが嬉しくもあり。さすがにヘトヘトな身を任せる。

「黒魔女アーネス……使い魔ヨウジ……お前達の勝ちだ」

「団長さん……えっと、俺、失礼なこと言ったりして……すみませんでした」

「フッ……私の愚行に比べれば、たいした問題ではない。まさか……黒い指輪の魔力に、私が囚われるとはな」

初めて見せたリファナの微笑みは、自虐による呆れ笑い。

「自分の魔力が何倍にも膨れあがる感覚だった。魔法効果も普段より数段強力になっていたはず。それでも……ヨウジの戦闘センスが上回った。私を止めてくれたこと、感謝する」

(俺、本来よりヤバくなった魔法と戦ってたのか。そんな騎士団長と渡り合えるってことは……やっぱ結構なポテンシャルなんだな)

「いや、正気の冷静な団長さんと戦ったら……想像するのも恐ろしいですよ」

「謙遜せずともよい。もし、お前達が国に認められ、市民となる日が来るなら、我が騎士団で心身共に鍛えてやるのだが……まぁ、どこへなりと行くがよい」

(いや、鍛えてもらいたくなんてないんだってば……)

「団長さん、俺は戦闘なんてしたいわけじゃないんです。ただ……アイドルを推したいだけなんでね」

初志貫徹。ヨウジのブレない言葉に、リファナは再びフフッと笑う。

「アイドル……よくわからんが、確かに黒魔女アーネスの歌、素朴でよいものだったな」

「も、もう！　忘れてってばぁ！」

アーネスは頬を朱に染め、抱えたワンコを幼児《ヨウジ》ギュウと抱きしめる。

「で……指輪、どこで手に入れたのよ。オシャレで買ってきたわけじゃないでしょ？」

アーネスから核心に迫る質問が飛び、リファナは顔を曇らせる。

が……すぐに決心したような、真剣な顔つきで口を開く。

「先日、街で学生に声をかけられた、という話があったが……」

「ああ、私服でナンパされたって……」

「そんなものではない！　その者は、騎士団の……私の応援者ということで、そういう好意を伝えてきたのだ。そう言っておるのに、面白がって噂を広める者がいるものだから……」

（うーん……もしかしたら、騎士団員みんなで団長の婚活を案じてるのかもしれないな）

「少し立ち話した後、握手し、別れたのだが……いつのまにか、私の手に指輪が着けられていた。本来ならその者を追うところだが、私はそうせず……普段の生活に戻っていた。その者の顔も憶えてはいなかった……」

「その時点で『精神操作を受けていた』ということですね。しかし、指輪に気付かなかった僕達団員も口惜しい限りで……」

「これまでの容疑者の供述でも判っていたことだが……指輪は外すこともできたからな。『隠し持つことが当然』と暗示をかけられ、それ以外は普段通り生活することを強制される……そんな感覚だった」

指輪事件の情報を詳しく聞かされる。が、正直、ヨウジとしては『気にはなるけど、俺にはどうしようもないよな』だった。

（この世界に来たばかりで『ここで生きていく』って実感をまず持つところからだしな。一度落ち着いて……休ませて欲しい……）

「っと……話し過ぎたな。これは、我々騎士団が何とかしなければならないこと。お前達市民が思い悩むことではない」

「そうよ、しっかり市民のために仕事してよね。まぁ……アタシみたいな黒魔女は、その中に含んでもらえないかもしれないけど」

アーネスは、試すような視線をリファァナに落とす。

その眼差しに『信じてみたい』という感情が一瞬見えた気がしたが『そんなに簡単ではない心の問題なのだ』と、リファァナは気を引き締めた。

「それは……国全体で決めること。お前達も含め、同じ国民として意識を同じくできるよう、皆で考えていこう」

「…………国民全員が黒魔女《アタシ》を受け入れるなんて、やっぱり無理よ」

アーネスの心を完全に融《と》かすためには、デリケートな積み重ねが必要なのかもしれない。

が、アーネスを観察していて『ド直球な言葉』の方がいいと、ヨウジは直感的に感じていた。

「いや、できる！　そのための……黒魔女アーネス国民的アイドル化計画だ！」

ハッキリと迷いない声で、ヨウジは断言する。

その顔を、アーネスはジッと睨みつける……が、フッと呆れながら微笑んだ。

「アンタは……ブレないわね。わかったわよ、2割くらいは信じてあげる、うん」


「ヨウジとやら、迷惑をかけたな。リファナは日頃ストレスを溜め込み過ぎなのだ。まぁ、許してやってくれ」

「あ、ああ……」

魔法陣から、元の聖雷大剣らしい姿に戻ったオーズヴァインがゆっくりと自分の世界へ帰っていく。

リファナは溜息をつきながら、その魔法陣を冠した剣を握り直した。

「ええい、余計なことを言わんでよい。サッサと帰らんか」

「ヨウジ、お主と共に戦えたこと、なかなかよい経験になったぞ。また会おう！」

（いや、口調っていうか人格違いすぎだろオーズヴァイン……）

「では〜、アーネスさん、ヨウジさん、行きますよ〜」

天使《ワーキュライラ》はそう言うと、やにわに、手にした盾で何もない空間を殴りつけた。

パキャン！

ガラスが割れるような音が鳴り響き、大柄な天使《ワーキュライラ》がちょうど入りそうなサイズの魔法陣が現れる。

「はいはい、入って入って〜」

「ちょっ……ひゃ⁉」

天使《ワーキュライラ》はアーネス＆ヨウジをつまみ、魔法陣へ雑に放り込む。

そして、そのまま自分も続こうとしたその背を、リファナは呼び止めた。

「ワーキュライラ殿！　陛下にも話を通すと申していたが……信じてよいのだな？」

「……はい〜。彼女達《アーネス》が向かったのも王都内の施設ですし、秘密の場所へ匿うとかではありませんよ〜。とにかく、あなたは国からの指令を待っていてください」

「……承知した」

天使《ワーキュライラ》も飲み込み、魔法陣が消滅する。

残された騎士団一行は何の成果もなくなり、皆、しばし押し黙る。

そんな中、ユイットが突然胸いっぱいに息を吸い込んだ。

「くっそ――――――――――ッ!!!」

全員の驚いた顔を尻目に、大きく伸びをするユイット。

「僕達の仕事が全部意味なくなったようで、悔しいですね！　でも……後味の悪くなるような任務がなくなって、よかったのかもしれません」

「……フッ、そうかもしれんな」

リファナは溜息混じりに笑い、弟と同じように伸びをした。

「とにかく、ありのまま報告するしかないのだしな。皆、迷惑をかけるが、付き合ってくれ」

「はッ!!」

＊　　＊

「ここは……？」

アーネスとヨウジが魔法陣を抜けると、そこは先程の村より明らかに都会の街並み。

アーネスも見慣れない風景にキョロキョロしてしまう、その街は――

「ここはトーカティア王都。端っこの方ですけどね～」

アーネスが振り返ると、そこには、エプロン姿の一般女性が立っていた。

標準的な身長、肉付き、肩ほどまでのウェーブがかった赤毛の髪。どこにでもいそうな優しげお姉さん。

「アンタ……さっきの天使、よね？」

まさか、次元の歪み的な穴に人をポイポイ投げ入れた、人を超えた何かとは思えないオーラの消えっぷりだった。

「はい～。『ララ』という名前で、この学生寮の管理人やってます。よろしくお願いします～」

そう言って示した先には、少し古めだが大きなアパートのような建物。その看板には——

「銀鼠《ぎんねずみ》寮……うん、どういうこと？」

「おふたりには～、今日からここで生活してもらいま～す。さっきも言った通り、国の方には諸々話を通しておきますので、ご安心くださ～い」

「って……門もくぐらず入ってきて、大丈夫なわけなくない!?　アンタ……ほんと何者なの？」

アーネスの疑いＭＡＸの眼差しに、管理人ララは目を細めて笑う。

「ふふふ～……私のことは、一応秘密にしといてくださいね～」

3章 銀鼠寮の住人達

ララに連れられ、銀鼠寮内の一室に案内されたアーネス&ヨウジは、兎にも角にもひと息つく。

「さすがに……疲れたなぁ」

言葉通り、心身共に疲れ切ったヨウジは、部屋に入るなり、床に座り込んだ。

寸詰まりフォームの体では、椅子に座るのもひと手間なため、自然とそうなってしまうのだが、それを察したアーネスはヨウジを拾い上げ、ベッドに乗せてやる。

「だけど……安心して休めないのよね」

(アーネス、やっぱワーキュライラを警戒してるな。確かに得体は知れない。国に圧力をかけ、俺達が普通に王都で生活できるようにしてくれる……一体どういう立場の存在なのか)

「神様的な陣営から王様にも干渉できる……ってことかね」

「繰り返すけど……あの天使《ワーキュライラ》を憑依召喚している奴がいるはずなのよ。国を動かし、アタシの力を利用したい人間……一国どころか、世界征服しようってくらいのヤバい奴なんじゃないかしら」

（まぁ、俺が見た予知夢では……世界征服に近いのは、むしろ、魔女王アーネスだったんだけど）

「ユーオリア戦の途中……一瞬眠ってしまった時間があっただろ？　アーネスは……夢とか見た？」

「ううん、夢なんか見てないわ」

（そうか……それはよかった。意識が落ちたのは、俺が魔力の同期《リンク》に慣れてなかったから、不具合でも出たのかな）

「何よ、ヨウジは夢を見たの？」

「ん？　あー、うん。元いた世界でさ、魔王が出てくる夢。もしかして、転生召喚されないままだったら、そんなヤバい未来だったのかな？」

「いいわよ、そんな……アタシが転生させたのを正当化してくれなくても」

ウソを混ぜて誤魔化したヨウジに、アーネスは申し訳なさそうに口を尖らせた。

違う方向から気まずくさせてしまい、ヨウジは慌てて話題を戻す。

「俺はわからないんだけど……天使《ワーキユライラ》が誰かに召喚された存在ってのは確定できることなのか？」

「……確定ではないけどね。この世界では、異界の者が自由に来ることはないとされてて、基本的に『誰かが召喚した』と考えるものなの」

（まぁ……『俺達の現実世界』から意図的にここへ来る方法があるなら、具体的な話題がありそう

なもんだ)

「で、法律で原則禁止とされている魔法がいくつかあるんだけど……代表的なのは『精神操作』『時間操作』『生命創作』『生命蘇生』、そして……『生物召喚』。だから、依り代を作って降ろす形の『憑依召喚』を通常は想定するのよ、うん」

「え……生物を召喚するのが違法？　もしかして俺も……？」

「アンタなんて違法中の違法よ。『転生召喚』自体が『生命創作』や『生命蘇生』に該当する要素もあるし、そもそもアンタ、アタシに対して『時間操作』もやったわよね？」

アーネス&ヨウジ、魔法犯罪のフルコースだった。

「そうか……俺、この世界では無法者か。いや、そもそも人間じゃないしな……」

「気にしなくていいわよ、うん。黒魔女迫害を黙認するような奴らの決めた法なんて、守る義理ないもの」

(そう言われると『確かに』って思っちゃうもんな。うーん……アーネスがみんなに愛されるアイドルになるため、もっと真剣に考えていかないと)

「あの……さ、あらためて、アーネスのことを教えてくれないかな」

ワンコなりに真剣な顔を作り、ヨウジはアーネスを見つめる。

アーネスは不意を突かれ、一瞬見つめ合い固まってしまう。

「君がこれまで、どう生きてきたか……言える範囲で教えて欲しい。使い魔が訊くことじゃないかもだけど……俺、魔女の使い魔がどんなもんかわからないし」

「……どうして聞きたいのよ」

「ずっとそばにいてサポートするんだから、君のことは何でも知りたいんだよ」

「な、何でも……」

何を想像したのか、アーネスの顔が朱に染まっていく。

が、ヨウジは真剣な眼差しでその顔を見つめている。

「……………淫獣……」

「…………は？」

「ご主人様に忠実じゃないし、いつかアタシを襲うつもりなんじゃないの？　あ、それこそ大人の体にして……！」

照れ隠しで、むしろ気まずくなるようなことを言い始めるアーネスに、ヨウジは一層真剣な顔で見つめる。

「オタクが推しを襲うなんて……そんな裏切り、絶対ない！　それは信じてくれ！」

超マジメに『絶対ない！』と言われ、アーネスは思わず頬をぷくーっと膨らませた。

（何よ……そんなに思いっきり否定しなくてもいいじゃない！　アイドルのことは好きでも、アタシ自身のことは女と思ってないんじゃないの!?)

ヨウジは至極マジメな話をしているので、とても理不尽な怒り。

それはわかっているが、アーネスは初めての感情に翻弄されていた。

「はぁ……わかったわよ、うん」

そんなモヤモヤを何とか抑え込み、アーネスは目線を逸らしたまま話し始める。

「名前はアーネス。姓は捨てたわ。魔力が発現した10歳までは、父親ひとりに育てられてた」

(姓は捨てた……？　父親は一体……いや、とりあえず聞こう)

「それまでは……貧しくとも普通に育ったと思う。けど、黒魔女だと判明して……父親はアタシを施設に預け、姿を消した。その施設が……あの村の孤児院よ」

ところどころ言葉に詰まりながら、アーネスは話し続ける。

「以前は学校へも行ってたし、孤児院でも人並みの勉強はした。独自に魔法の研究も。友達もいなかったし、ほとんどの時間を読書に費やしてたわね、うん」

「……そっか」

(コミュ力低めで本の虫……でも、内気なわけじゃなく反骨心のある頑張り屋。月見坂なら、松坂ちゃんが近いかな。うん、全然イイ感じだ)

神妙な顔で聞きながら、アイドルとしてのキャラを考えているヨウジ。アーネスがそれに気付いていたら、また不機嫌になっていただろうが、ここはセーフ。

「孤児院の院長は差別しない人だったけど……ほかの人間は虐めてきたり、見て見ぬ振りするクズばかりだった。そんな我慢の1年を過ごしていたら……ユーオリアが訪ねてきたわ」

「村の人が「『召喚霊を出して大騒ぎした』って言ってたっけ……」

『召喚霊バトルでわたくしに負けたら、ファイネル家の保護を受けなさい。メイドとして従事していただき、きちんとマナーを身につけてもらいます』って一方的にね。まぁ、負けることはなかったんだけど……」

(彼女《ユーオリア》なりにアーネスのことを思っての行動なんだけど……あっちもあっちで不器用で不憫な子だな)

「そんな風に……黒魔女の存在を利用しようとする奴が来るんだって気付いて、アタシは孤児院から出て行った。院長先生に迷惑がかかるから……」

「出て行った、って……11歳の女の子が、どうやって今まで生きてきたんだ？」

一瞬、ヨウジの頭の中によくない想像が浮かぶ。が、アーネスはもっとたくましかった。

「村の近くの森に使われてない小屋があってね、そこに結界を張って住んでたわ。必要な物は……アタシを嫌ってた村人の家や孤児院から、バレない程度に拝借させてもらった。召喚霊を使ってね」

「そういえば……院長先生とそんな話してたっけ。ん？　でも、俺が召喚されたさっきの家は、村の中だったけど……」

「だから、それは……ユーオリアが何度も探し出して挑戦してくるから！　位置を偽装したり、侵入者を他の場所へ飛ばしたり、色んな結界を試すのに……ほんとしつこいのよ！」

（なるほど……やっぱユーオリア嬢、優秀な魔法使いなんだな）

「で……裏をかいて、村の中の空き家に居たってわけか。それにしても本当に、よく今までひとりで……」

「ひとりじゃないわ。院長先生は……アタシを助けてくれてたんだしね、うん」

（そっか……そうだな。そして、これからは俺が、保護者として、兄として、ファンとして、幸せな生き方ができるようにサポートしなきゃだ）

「アタシのことなんて、大体こんなもんよ。ほんと……読書と魔法の研究しかしてない、つまんない人間」

そんな生き方のせいで、すっかりネガティブ気質になったアーネス。

決して『そんなことないよ』と言ってもらうのを期待して言うわけではなく、ナチュラルにそう言えてしまっていた。

だからこそ、ヨウジの次の言葉は、効果絶大だった。

「全然つまらなくなんかないぞ。もし、魔法の才能が無かったとしても、アーネスは価値のある人間だ」

「お、お世辞なんていいってば！　魔法が使えなかったらアタシなんて……」

「お世辞じゃない！」

ヨウジの強めの断言に、アーネスはビックリした顔で姿勢を正す。

「アーネスは……生きてるだけで価値がある。これからは俺がそばにいて、それを証明する」

「………あ……りがと……うっ……」

すでに我慢とも思わないようになっていたはずの、でも、ずっと感じていたひとりの寂しさ。

本当は求めていた、何でもない話を聞いてくれる家族のありがたさ。

何より、自分の価値を認めてくれる人がいる、そう感じられる幸せ。

悲喜こもごもの感情が入り乱れ、アーネスの涙腺が一気に崩壊した。

「ぐすっ……アタシ、ほんとは寂しかった！　ヨウジが来てくれて……よかった……うぐぅぅぅっ！」

「……そっか、よかった。俺も……転生してきた甲斐があったたってもんだ」

（ネガティブな涙じゃないとわかってはいても、女子の涙にはオロオロしてしまうな。男のサガなのか……）

どう対応したものか、ヨウジが迷うその時、ドアをノックする音が響く。

「は、はい？」

返事を待って開かれたドアから入ってきたのは――

「失礼いたします……って、どうして号泣してますの!?」

新しいドレスに着替えたユーオリアだった。

「な、なんでもないわよ！　なんで……アンタがここにいるのよ!?」

慌てて泣き顔を背け、アーネスは煙たそうに御挨拶を投げつける。

「この銀鼠寮は、わたくしがお父様から任されている施設。あなた方はこれから、わたくしの保護下ということですわ」

「？？？　どういうことだ？　俺達はワーキュライラって奴に言われて……」

ワンコ《ヨウジ》の顔を見て、ユーオリアの顔がにへっとゆるむ。

が、ひとつ咳払いし、あらためてマジメな顔を作る。

「わたくしも、そのワーキュライラさんに言われたのですわ。あなた方を……この寮に住まわせて欲しい、と」

（天使《ワーキュライラ》は……人間の姿でここの管理人してるんだよな。ユーオリアにも正体を隠してるってことか？　一体どうなってるんだ……）

「長く不毛な戦いでしたが……これで一件落着ですわね。あらためて、アーネスさん、ヨウジさん、よろしくお願いいたします」

無様に尻餅をついていたことなど全部無かったかのように、ユーオリアはにっこりと気品ある笑顔を見せる。

「ちょ、ちょっと待ってよ！　アンタの世話になるなんて聞いてない……」

「そうそう、ここ銀鼠寮は学生寮。当然、アーネスさんも学園へ通い、たっぷり勉学に励んでいただきますので。お覚悟はよろしくて？」

「よろしくなぁ――――い!!」

全力で駄々をこねるアーネスを制するようにヨウジが割って入る。

「学校も大事だが……アーネスの気持ちも考えてやってくれ」

「そう、そうそう！　ヨウジ、よく言ったわ！　もっと言ったんさい！」

「これからのアーネスにとって一番大事なのは……アイドル活動だ！　ちゃんと両立していける環境を要求する！」

「…………こ、**このアイドル馬鹿ぁぁぁぁぁぁッ!!**」

「とにかく！　アーネスさんが学校へ通うのは決定事項ですわ！」

夕日が差し込んできた銀鼠寮の一室、ユーオリアはビシッと人差し指を突きつけながら言い放つ。

アーネスはぐぬぬと唸り、ヨウジは短い手足で伸びをした。

「ちょっとヨウジ！　マジメに考えてる？　アタシが白魔法使い達と同じ学校になんて……行けるわけないじゃない！」

相変わらず自分に100パー味方してくれるわけではないヨウジに、アーネスは口を尖らせる。

「まぁ、俺もマジメに学校行ってたわけじゃないし、言いにくいんだけど……学校生活は可能な限り経験しておく方がいいだろうな。人としても、アイドルとしても」

ヨウジは腕を組み（組めない）、大人ぶって頷く。実際、中身は大人だが。

「まーたアイドルのことばっか考えてる！　もっとアタシ自身のこと……見なさいよぉ！」

「いや、見てるぞ。もちろん、黒魔女が迫害されるようなことがあってはならないけど……そんなことはないんだろ？」

ユーオリアにチラリ視線を送る。彼女《ユーオリア》は、今度はその可愛らしいワンコ姿に頰を緩ませることなく、神妙に頷いた。

「黒魔女を不当に差別しないよう国で決められるのであれば……わたくしも全力で保護する動きができるというものですわ」

(天使《ワーキュライラ》は俺達をこの部屋に入れたあと、また瞬間移動でユーオリアを迎えに行った……って感じか。そこのふたりの間では一体どんな会話があったのか……)

「なぜ天使《ワーキュライラ》さんが、わたくしやこの寮のことを知っているのか……疑問もありますが、味方でいてくれるようですし。言われた通り、この寮であなた達を預かるつもりですが……」

あらためて、ユーオリアはアーネスに正対する。白と黒の魔女同士が、またも睨み合う。

「確認させていただきます。アーネスさん、わたくしのことがお嫌いでしょうけど、ここで保護されること、納得できますか？」

「天使《ワーキュライラ》に言われて仕方なく……と思ってたけど、結局アンタの世話になることだとはね」

深く溜息をつく。アーネスとしても、もうそうなることはわかっていたが、気持ちでは納得できていなかった。

「アンタは……なんでアタシにこだわるの？　お嬢様の白魔女が、嫌われ者の黒魔女を助けて、聖人みたいにもてはやされたい？　恵まれてる人は、どこまでも強欲よね」

「……2年ほどのお付き合いになりますが、あまり深く話すことなんてありませんでしたね。いいでしょう、少しだけわたくしの本心をお話ししますわ」

ユーオリアは一度視線を落とし、再び向き直ると、すがすがしい笑顔で続ける。

「わたくし、偽善が大好きですの」

「はあ？」

笑顔に負けないすがすがしい言葉に、アーネスは素っ頓狂な声を上げた。

「『もてはやされたい』という気持ち、まぁ、それもゼロとは言いません。でも、褒められることが目的ではなく、褒められることで『誰かに必要とされている』と感じられるから、結果的に褒められるようなことをするのです」

「……なんだかめんどくさい理屈ね。『困ってる人を助けたい』って言っときゃいいんじゃないの？」

「『ただただ困っている方を助けたい』と思える方は、とても美しい慈愛の人なのでしょうね。ですが、わたくしは『自分が人を助けている』つまり、『人に必要とされた』と実感したいから助けるのです」

豊満な胸を張り、ドヤ顔で決める。初登場時のような、いかにもワガママお嬢様感が再び現れる。

「ですので、より強く困っている黒魔女《あなた》を助けることは、わたくしの自己満足に大きな喜びをもたらします。もし、周りの人が……いえ、黒魔女《あなた》ご本人にさえ喜ばれなかったとしても……わたくしがあなたの助けになったという事実は変わらないのですわ！」

話の内容を考えれば、実際悪いことでも何でもない。が、アッパレなまでの自己満足を強調する姿勢に、どうしても傍若無人な印象を与える。

究極至高の自己満足。これぞ『偽善』という言葉の本来の姿なのかもしれない。

「そこまで明け透けに言われると……もう、すがすがしいわね。わかったわよ、アンタの自己満足のために助けられてあげる、うん」

アーネスは少し呆れたように、半分ホッとしたような笑みを浮かべる。

アーネスの視線が外れた隙に、ユーオリアはワンコ《ヨウジ》に目配せ。さらなる本心である『予知』の件を知られないよう念を押す。

（ベタなお嬢様キャラかと思いきや、しっかり人間味もあるイイ子だよな。『誰かに必要とされたい』という欲望もアイドル向きだし。アーネスとはまた違うタイプのタレント性、同じユニットにいたら、お互いの魅力を高め合うかも……）

しげしげと……ユーオリアを上から下まで見つめていたヨウジがハッとする。

（いかんいかん、見境なくドルオタ精神を出すな。まだアイドル文化すらない世界なんだぞ……）

「コホン……よろしいですか？　あらためて説明しますが、この銀鼠寮は、トーカティア王立学園が認可している学生寮のひとつ。とは言っても……普通科に馴染めないワケアリの方を中心に受け入れています」

「ワケアリって……黒魔女みたいに異端視される人間ってこと？」

「理由は様々ですが……基本的に、魔法優先科・特殊開発組、通称『銀組《シルバークラス》』の学生が入居しています」

「銀組《シルバークラス》……？」

「王立学園では、通常の学問を修得する機関はもちろん、様々な専門技能を伸ばすための分校がいくつもあります。その中で、特殊な才能の魔法使用者が集められた教室……それが銀組《シルバークラス》ですわ」

（魔法専門……美大や体育大みたいなものか？　この世界で、魔法の才能を持つ人がどれくらいの割合なのかわからないけど……）

「その組《クラス》では、白黒も年齢も家柄も関係ない。特別な魔法使用者達が国からの補助を受け在籍しています」

「じゃあ、むしろ国に大事にされてるっていうか……エリートの組《クラス》って感じ？」

ヨウジの楽観的な返しに、ユーオリアは眉根を寄せ考え、少し小声になって呟く。

「まぁ……そのように考えても間違いではないでしょう。ですが、『危険な力を監視』『国で利用するため管理』という側面も、頭の片隅に置いておくべきかもしれませんね」

「不穏な口ぶりね。やっぱり国なんて信用できないんじゃないの？」

何でも訝しむようなアーネスのジト目に、ユーオリアは冷静さを保ちつつ、真剣な面持ちで答える。

「誤解のないよう言っておきますが、トーカティアの国政は一部の市民が言うような腐ったものではなく、まともな方ですよ。ただ……一枚岩とは言い切れませんから、そういうことを考える人もいるかもしれない、ということですわ」

（まぁ、どんな国でもそんなもんか。推し活一辺倒で、政治のことなんか考えない日本人失格民だったからなぁ……）

「とにかく……そういった特別な力を持った人ばかりの組《クラス》になります。現在、黒魔女は在籍していませんが……みなさん、良くも悪くも普通の方々から特別視されてきた方でしょうし、きっと差別などないのでは？」

（いやいや、むしろクセ強な人間ばかりなんじゃないかって警戒するのは当然でしょうが……。やっぱ、お嬢っぽい感性がこういうところに出るのか？）

ヨウジはそう思いつつ、チラリとアーネスの顔を窺う。

いつまでも難しい顔で腕組みしていたアーネスだったが、チラリとヨウジの方を見てから口を開いた。

「ヨウジも一緒に通えるなら……行ってもいいわ、うん」

その言葉に、ユーオリアは駄々っ子を説得するオカンのような困り笑顔を作る。

「ヨウジさんは使い魔……召喚霊でしょう？　いくらアーネスさんの魔力がケタ外れだとしても、ずっとこちらの世界に留まっているわけでもないですし、必要な時だけお呼びになれば……」

「ヨウジは召喚霊じゃないわ。使い魔としてこの世界で生まれたけど、元は異世界人。アタシ達と同じ……人間よ」

少しずつ心を許しているという表れなのか、どう思われても構わないからなのか、あっさりとユーオリアに転生召喚の事実を話すアーネス。

予想外の事実を聞かされ、ユーオリアはさすがに目を白黒させる。

「ま、まさか生物召喚？　いえ……ただ呼び寄せただけではなく、転生させた？　そんな非魔法学的な……ッ！」

「国に怒られる案件なんだし、信じないならそれでもいいけどね。とにかく、アタシにはヨウジを転生召喚した責任があるの。もしヨウジがこの世界の住人として認められないなら……やっぱり出て行くわ、うん」

アーネスは決意の眼差しでそう言い、ワンコ《ヨウジ》をギュッと抱きしめた。

「ちょっ、アーネス!?　く、苦しい……」

可愛いものが可愛いものを抱きしめながら、意地っ張りな決意表明をする光景。

それをさらに後ろからギュッとしたい衝動を、ユーオリアは必死に抑え込む。

「い、異種族の移民として、家《ファイネル》の力で何とかできるかもしれませんが……ヨウジさんの存在は騎士団にも把握されていますしねぇ。そもそも、その姿では……」

「そこは心配ないわ、うん！」

ヨウジをベッドに置き直し、ちょいちょいと指で空気を掻き回す。

そこにあった空気が質感を変え、小さな布きれのようなものとして固定される。

「また……基本的な性質変化とはいえ、そんな無詠唱で簡単に……何をするつもりですか？」

「これをこうして……こうよ！」

ほんのり緑色の光《オーラ》を帯びた透明の布をねじり、ワンコ《ヨウジ》の鼻に差し入れる。

「ふが……な、何を………ックシャン!!」

くしゃみの破裂音と同時に、ヨウジの周辺の空間が一瞬歪み、強い光に包まれる。

ユーオリアが思わず目を眩ませ、再び目を開くと……そこには、やベー女に好かれるらしい見た目の『限定2・5枚目』が立っていた。

「あ……ど、どうも」

ユーオリアはまん丸の目と口で、しばらくイヌミミ男を見つめ固まっていたが……ハッと我に返り、叫んだ。

「か、かわいくないですわっ!!」

「まぁ……この姿なら学生生活も何とかなるかもしれませんね。かわいくはないですけど」

クシャミで七頭身《ひとがた》フォームに変身したヨウジをジロジロと確認しながら、ユーオリアはあらためて不満そうに呟く。

「リファナさんたち騎士団の判断は不明ですが……とにかく、決して問題を起こさないこと！　わたくしが補助するにも限界がありますからね」

「問題を起こす気はないんだけど……おとなしくしていられるか、というと難しいところなんだよなぁ」

人間態になったことで、しっかりと腕を組めるようになったヨウジ。深く溜息をつく。

「俺のやるべきは、アーネスを立派なアイドルにすること。俺自身が目立つ気はないけど、場合によっては推し《アーネス》を守るため目立つ必要が出てくるかもしれない」

「アイドル……ですか。歌って踊るアーネスさん、本当に可愛かったですね……」

１ｓｔライブを思い出し、ユーオリアの頬が思わずゆるむ。

「も、もう……なに思い出しニヤニヤしてるのよ！　勝手に脳内に出さないで！」

初ライブの恥ずかしさが甦ってきて、アーネスは赤い顔で口を尖らせる。

「アイドル活動の延長上で問題が起きたら、それはしょうがないと思ってくれ。まぁ……可能な限りで補助してくれればいいから」

「あなたという人は……。少し遠慮して欲しいのですが、注意しても止まらなそうなのが困りものですわ」

眉間に寄ったシワを伸ばすかのように指で押さえながら、ユーオリアは難しい顔。

「国に働きかけがあるとはいえ、民衆の心が変わるわけじゃないからなぁ。どうしたら、アーネスがみんなに好かれるアイドルになるか……本格的に考えていかないと」

(アニメは専門外だけど……『部活でアイドル』なんてのも大衆受けしてたっけ。天瀬《あませ》が好きだった変身アイドルアニメは何だったか……ゲームの着せ替えチケいっぱい集めてたなぁ。衣装のバリエーションも必要か……)

「黙って聞いてりゃ……相変わらずアタシの意思なんて考えてないわよね。相談して決めていくもんじゃないの?」

「いきなり学園内で行動するのはリスク大きいし……どこか会場《ハコ》を押さえても客《ひと》を呼べるわけじゃない。まずは無料で魅力を知ってもらう……現実的なのは、路上ライブだな」

「路上……イヤよ!」

「とりあえず体力作り、歌とダンスの基礎練習。あとは、一番重要なファンサの心作りだ。がんばって行こう! アーネス!」

「ちょっと! 話聞いてないわよね!? もーう!!」

自分《ファイネル》の屋敷の中では遭遇することのない、その騒がしく楽しい光景に、ユーオリアは呆れながらも、つい笑みを浮かべてしまう。

厳格な家族と使用人に育てられてきた彼女にとって、新しい家族ができたようで内心ウキウキだった。

が、『自分がキッチリしなくては、この人達はダメかも』と心の中で思い直す。ここがオカン気質なのかもしれない。

「『アーネス』なんて素晴らしいお名前をいただいているのですから、その名にふさわしい淑女《レディ》になってもらわないと……」

ボソッと溜息のように呟いたその言葉に、ヨウジは食いついた。

「ん……ってことは、意味のある名前なんだ？」

「もちろんですわ。『アーネス』とは……」

「ね、ねえ！　『ヨウジ』はどういう意味なのっ!?」

ユーオリアの言葉をあからさまに遮り、アーネスが新たな質問を発生させた。

知られたくないような仕草を察し、ユーオリアはヨウジの言葉を待つ。

「え、俺？　『陽司』……太陽を司る、って字では書くけど……」

「何よそれ……すごく大層な名前ね」

「い、いや、実際はそう付けたわけじゃなく……『陽気』とかそういう雰囲気からだと思うよ」

今まで自分の名前にそんなイメージはなかったが、『異世界に来てあらためて考えると、意外に中二病な意味にもなるのか』と急に恥ずかしくなってしまうヨウジ。

そんなヨウジを見つめながら、ユーオリアは先程の召喚霊バトルをふと思い出す。

(黒陽の魔狼ガルガモート……名前にその暗示が？　まさか本当に？　いいえ……伝承と違う要素はたくさんある。ただの偶然ですわ)

不安要素を振り払うように一度頭《かぶり》を振り、ユーオリアはひとつ息を吸い込む。

「ちなみに！　『ユーオリア』には『唯一無二』という意味が込められておりますわ！　わたくしはこの名にふさわしく、代役の利かない存在になることが目標ですの！」

「あー、はいはい。アンタの押しの強さは唯一無二よ」

「邪険に扱わないでくださいます!?」

イジりイジられるバラエティ的なやりとりを、三人ともが心地よく感じていた。

とにかく今は『なんとなくイイ方向に向かう』『深刻に考えすぎても仕方ない』と無意識に思っていた。

「さ、程なく食事の時間ですわ。それぞれの部屋で身だしなみを整えていただいて……」

「それぞれの部屋って何よ？　ヨウジはアタシの護衛、同じ部屋で……」

「こんなしっかり人型の男性と同じ部屋でいいわけないでしょう！　淑女としてっ!!」

「ふぅ……やっとひとりになれたな」

(転生の感慨にひたる間もなく、入れ替わり立ち替わりアーネスを狙う奴らが来て……たらい回しにされた気分だ)

アーネスと部屋を分けられたヨウジは、この世界に来て初めてひとりで考えを巡らせる時間を感じていた。

「異世界……なんだなぁ」

窓から見える、時代感もお国柄も違う街並み。自分の頭に付いたイヌミミ。あらためて、しみじみと実感する。

少女達の香りがほんのり残る部屋の中、ヨウジはとりあえずベッドに体を預けた。

「もう……アッチの現実には戻れないんだな。夜空《よぞぎみ》……父ちゃん母ちゃん、兄貴、天瀬《あませ》……ごめんな」

そう呟くと、ヨウジの目からポロポロと涙が溢れてくる。

転生召喚によりメンタル面も書き換えられ、冷静でいられているとはいえ、やはり人並みの郷愁を感じてはいた。

（おそらく、死んだ肉体が現世に残ってるわけでもない。行方不明ってことになるのか。みんな……心配してくれるかな。夜空《よぞぎみ》も……）

『月見坂88』はメジャーなグループだが、イベント等に必ず顔を出す太客のことをアイドル本人が認識しているのは普通のこと。

実際、この後、林堂夜空は『キッコーワン（陽司のPN《ペンネーム》）さん、どうしたのかな……』と思うことになるのだが、それはもう誰が知ることもない、彼女の胸中だけの気持ちだった。

「……泣いたって、どうにもならないんだよな。この世界で生きていくしかないんだ」

パンと勢いよく顔を手で覆い、思い切りこすり上げる。

摩擦で赤くなったその顔は、マジメに前を向いていた。

「部屋に残したPCの中身やエロ関連ブツだけ……家族に見られたくないなぁ」

あまり描写されることはないかもしれないが、異世界転生＆転移した誰しもが思うはずのことを考える。

あらためて、陽司は一般的な小市民男性だった。

（しかし……社畜だった俺が、また学生に戻るのか。学生時代にあまりイイ思い出はないけど……今度はうまくやれるのかな）

女子からの凶行で不登校になった陽司にとって、決して嬉しい展開ではないが、ここは異世界。様々な何かが違っているのでは、という期待も確かにあった。

(とはいえ、やベー女に惚れられる女難体質が変わらなければ……魔法なんて危険な要素まで加わって、ヤバさに拍車がかかるってことだよな？)

「……行きたくねえー……」

独り言と同時に、コンコンとノックの音が響く。

「食事の用意ができました～。食堂に案内しますので来てもらえます～？」

「あ、はい。今、行きます」

キョロキョロと辺りを見回し、１枚の手ぬぐいを手に取り、イヌミミ誤魔化し用で頭に巻く。

ドアを開けると、ララがニコニコ顔で立っていた。

「アーネスさんはお風呂だそうですので、先にお食事をどうぞ。お風呂、あとで大丈夫ですね～？」

「あ、はい」

ララに付いて廊下を歩くが、他の人間に会うことはなく、まるで自分達しかいないんじゃないかとヨウジは思う。

「この寮には……何人くらいいるんですか？」

「今はヨウジさん達を入れて6人ですかね～。みんな同じ銀組《クラス》の学生さんですよ」

（ほかに4人か。絶対コミュニケーションとらなきゃいけないわけじゃないけど……）

「今、食堂でふたり食事されてますね～。まぁ、仲良くしてあげてくださ～い」

「あ、も、もう今からふたり会うんですか？」

（ヤバ……急に緊張してきた。アーネスが普通に受け入れられる寮ってことは、男女共用？　どうか女子じゃありませんように……！）

食堂に着くと、確かにふたり食卓についていた。

入ってきたヨウジ達に視線を向けるが、ひとりはすぐに俯き、もうひとりは人懐っこい笑顔で小さく手を振ってくる。対照的な男子ふたり。

（よかった……男子だ。オラついた感じもないし、ひと安心かな）

ララに誘導され、厨房から料理が出てくるカウンターへ。

シチューのような煮込み料理を器によそうララに、ヨウジは小声で問いかける。

「あのふたりは……どんな人ですか？」

「普通の子だと思いますよ～。まぁ、特別な力は持ってるかもしれませんが、突然暴れ出したりはしないでしょう」

「それは当たり前のことであって欲しいんですけどね……」

「ヨウジ！」

その時、遅れてアーネスが食堂へ入ってきた。

ふたりの男子が今度はアーネスに注目し、控え目な方がギョッとした顔になりビクつく。

アーネスは、そのふたりと目を合わせないようにしながらキョロキョロと見回し、ヨウジを見つけるやいなや、そのそばへ張り付く。

石鹸の香りが鼻をくすぐり、アーネス自身の匂いを感じにくくなったのをヨウジは実感する。

「お風呂入ってきたんだ」

「ユーオリアが……『三日入ってない』って言ったら、ブチ切れてきたわ。水拭きくらいはするし、普段あまり動かないから、そんなに臭くもないのに」

「はは……ま、お嬢様だからな。で、そのユーオリア嬢は？」

「アタシがお風呂入るのを確認してから、帰って行ったわ。明日の朝また来るって」

（お嬢様も大変だな……）

「は～い、ふたり分できたので、持ってってくださいね～」

パン・シチュー・フルーツサラダのような料理が揃ったトレイを受け取り、いよいよ食卓へ。

アーネスはあからさまに警戒し、ヨウジの後ろに隠れてついて行く。

「や！　ディント・ラクラスだ。よろしくな」

朗《ほが》らかに話しかけてくるディント。肩まで伸びた黒髪を後ろで縛っているが、前髪は半分まとめておらず、右目が隠れる髪型が印象的だった。

「フルード・ガンマークです。よろしくお願いします」

先ほど遠目には警戒していたように見えたが、普通に友好的な笑顔で丁寧な挨拶をするフルード。

栗色の短髪、害の無さそうな優しい顔立ちをしている。

「よろしく。俺は……ヨウジ・コウラ。こっちはアーネス」

アーネスは、ヨウジの陰から人見知り全開で様子見。

だが、そんな態度に構わず、ディントはグイグイ迫ってくる。

「アーネスちゃんって黒魔女なんだろ？　俺、初めて会ったよ」

「だったら何よ！」

「わ、怖い怖い。別に悪く言ってないよ。俺も黒魔法使いだしさ、仲良くしよ？」

「……黒魔法使い？」

アーネスは一瞬戸惑うが、またすぐに顔を背け、料理に手をつける。

そんなやりとりを見て、学園生活で新しい人間関係を構築する大変さをヨウジは再認識する。

（黒魔法使い……なのか。でも、それ以前に何か、こいつ苦手だな。まぁ、陽キャなんて仲良くなれるわけないけど）

「この銀鼠寮では、あまり干渉し合わない暗黙の了解があるんだけど……俺はこういう性格だからさ、悪いね」

軽薄なノリながら、遠慮する素振りも見せつつ、ディントは屈託なく笑う。

アーネスのフォローをするかのように、ヨウジは愛想笑いでそれに答える。

「住人同士は、そんな感じの距離感なんだ。まぁ、こっちは寮どころか、王都の街にも慣れてないからなぁ。色々教えてもらえるのは助かるよ」

（軽そうな奴だけど、悪意があるようには感じないし。友好的な人間は多く確保しておいた方がいいよな……）

打算的な思考を巡らせながら、ヨウジは何気なくシチューを口へ運ぶ。

（あ……おいしい。野菜がじっくり溶け込んでて……その野菜も、今まで食べてきたものと似て非なる新鮮な驚きがある。肉もちゃんと入ってるし……豚肉かな？　焦げ目がつくくらいに焼きが入っていて、噛むと肉汁が溢れて……）

ヨウジが初めて口にした異世界の料理は、素朴なただのごった煮だったが、やはり、食べることはどんな世界でも共有できる喜びなのだろう。空腹も合わせ、感動できる味わいと感じられた。

（本来なら……スマホで撮って、そのまま感想をｃｈｕｃｋｌｅ《チャックル》にアップしたいところだな。『異世界来てからの初食事』とか言って……）

食の感動を噛みしめているヨウジを見て、ディントはクスッと笑う。

誰もその表情を見てはいなかったが、ヨウジのことを気に入ったようにも見えた。

「ま、できるだけ詮索しないようにはするけどさ。そっちから、何か知りたいことがあれば訊いてよ。俺は話したい方だからさー」

「あ、ああ、うん」

そんなディントの横で、フルードの方は笑みを浮かべながらも特に何も話さず、その話を聞いていた。

（フルード君の方は、自分から話したくはない感じだな。まぁ、俺達も何でも話せるわけじゃないから、ちょうどいい……）

「でさ、ヨウジとアーネスちゃんは付き合ってんの？」

「なななななななに訊いてんのよアンタ!!」

舌の根も乾かぬうちに詮索してくるディントに、アーネスはわかりやすく狼狽し、テーブルをバンと叩いた。

そんなわかりやすさを尻目に、ヨウジはきわめて冷静に告げる。

「アーネスは、俺の推しだ。アイドルに恋愛感情を向けてもらえる、なんて考える奴はオタクなんて続けられないだろうよ」

「…………はぁー……」

わかっていたはずのオタク回答に、アーネスは長い溜息のあと、残りの料理をヤケ食いにかかる。

「オシ？　アイドル？　オタク？　どういう意味なんだ？」

「ディント、君もいずれアーネスファンになってもらう予定だし……その時すべて解るさ」

キョトンとするディントの肩を、ヨウジはポンと叩く。

そんなクセ強なやりとりを、心の中で3歩ほど引きながらフルードは眺めていた。

(なんだか……問題起こしそうな人達だなぁ。僕は静かに生きていたいだけなのに……)

＊　　＊

「ん～…………さすがに疲れてる、か」

風呂にも入り、寝る準備をして自分の部屋へ帰ってきたヨウジ。

大変な一日の疲れを落とし、物理的にも体を綺麗に洗い、体臭が薄くなったことで殊《こと》の外《ほか》テンションが下がっていた。

(考えてみれば、一日準備して夜ライブ行って……そこから転生召喚、あれだけのてんやわんや。

とっくにぶっ倒れててもおかしくない。やっぱ人間を超えた体力で生まれ変わってるってことなん

だな）

ヨウジ本人、まだ魔力に関する知識も少ないため、この程度の認識。

だが、こちらの世界の常識に照らし合わせても、今日一日、彼が発揮したパフォーマンスはケタ外れのエネルギー消費量だった。

それだけのポテンシャルがある存在。とはいえ、それはアーネスという主電源が重要であり、アーネスと長い期間離れられないということでもある。

そこはそれ、あくまで『アーネスの、使い魔』なのだった。

「アイドル文化の定着……黒魔女アーネスの売り込み……何とかなるのかなぁ」

壮大な野望をぼんやりと巡らせながら、瞼《まぶた》を閉じる。と……ドアをノックする音がヨウジの意識を引き戻す。

「は、はい？」

ドアが開き、中に入ってきたのは……ネグリジェ風の寝間着に着替えたアーネスだった。

「どうした？　何かあった？」

「…………使い魔に命令なんだけど」

目を逸らしながら、アーネスは続く言葉を絞り出す。

「命令よ。アタシと一緒に寝なさい、うん」

「え、いや、ダメだって！　そういう誤解を生むことが起こらないように、部屋を分けられたんだろ？」

何の変哲もない教科書通りの返しに、アーネスは頬を膨らませる。

「もーう！　なんでアンタは、アタシの言うこと聞かないのよ！」

「そんなこと言われても……それはそっちの設定ミスなんじゃないのか？」

(困った……やっぱまだまだ子供だもんな。しかし、ここは厳しく……)

「ここ数年、ひとりで生きてきたんだろ。ひとりで寝られるよな？」

「周りに他人がいるのよ？　誰か襲ってきた時、護衛するのはアンタの仕事でしょ！」

(うーん……人を信用できないのは当然だろうし、使い魔としての仕事なのも納得はする。初日だし……今日だけ言うこと聞いてやるか？)

「わかった……とりあえず、今日だけだぞ。俺は床で寝るから……」

「……一緒にベッドで寝てよ！」

「ダメに決まってるだろ！」

『推しとオタクの関係だから』『まだ子供だから』で防御していたはずだったヨウジだが、隙を突かれて不意に女を感じてしまう。

「えーと……そ、そう！　ご主人様と使い魔が同じベッドで寝るのはおかしいだろ？」

「じゃあ……これなら問題ないでしょ！」

あらかじめ作ってあったことよりで、ヨウジの鼻をくすぐる。

一瞬で、初期状態のワンコフォームに戻り、瞬きする間にヨウジの眼前にはアーネスの脚があった。

「いや、この姿だろうと……うわっ⁉」

やにわにワンコを《ヨウジ》ぬいぐるみ扱いで抱きしめ、アーネスはベッドに潜り込む。

後ろからガッチリとホールドされ、ヨウジの背中に少女の胸とおなかが押しつけられる。

（待て待て待て、これは推しとオタクで起こるはずのないイベントだ。俺は、自分のことを好きになることがないからアイドルを好きになるのであって……！）

対応不可の事態にヨウジの頭はショート寸前。四肢も固まり、まさしくぬいぐるみ状態になっていた。

（やっぱり、惚れられて積極的になってる？　確かに、やベー女ではあるし、警戒してたけど……自分の使い魔なんだぞ？　そんなわけなくない？）

固まったまま、ヨウジが答えの出ない思考をグルグル巡らせていると……背中から、スースーとアーネスの寝息が聞こえてきた。

（う………詰んだ）

観念して、とにかく起こさないように動きを止める。と同時に、ヨウジは半分ホッとする。

(寝返り打った時にでも脱出できるだろう……ん？)

「ふ………や……ぐすっ……」

悪夢でも見始めたのか、アーネスは涙ぐむように声を漏らし、体を震わせていた。

(壮絶な生き方をしてても、まだ13歳の女の子なんだよな……)

日中、自分に素直な気持ちを聞かせてくれたことを思い出す。

今までの彼女の孤独を、自分を必要としてくれたことを、あらためて受け止め、ヨウジも涙を堪えきれなくなる。

(幸せに……しないとな。今日だけでも、アーネスの人生的にはだいぶいい方向に向かった日になっただろうし。ユーオリア嬢の功績も大きいけど……俺も頑張った、よな)

段々と落ち着きを取り戻したヨウジは、あらためて、石鹸の香りが自分の鼻に主張してくることに気付く。

(アイドルとしても身だしなみは大事だけど……本人の体臭が感じられた初期状態の方が、人間らしくてイイ匂いだったたな……)

少しずつ眠気を感じながら、ぼんやりそんなことを考えていたヨウジ。しばらくして、ハッとする。

(俺……何を考えてる？　変態ド真ん中じゃねーか!?)

元々、ニオイフェチの自覚などなかった自分が、ナチュラルにそんなことを考えていることに驚く。

転生してから今まで、その感覚が自然すぎて、まったく気付いていなかったのだ。

(ああ、そうか……俺、嗅覚がイヌ科になってるのか。性能《スペック》も……好みも……)

気付いてしまうと、綺麗に洗われて石鹸の香りだけになったはずのアーネスの、奥にある体臭も嗅ぎとれることがわかる。

そして、愛犬が主人の手足をベロベロ舐める本当の理由が、なんとなくわかってくる。

(みんな……ご主人様の味や臭いが好きなんだろうな。で、俺も……飼い犬みたいなもの……ってこと？)

「ん…………うぅん……」

不意に色っぽい寝息を立て、アーネスは手を離すどころか、ワンコ《ヨウジ》をギュウと抱きしめ直す。

ヨウジは、どんどん余計なことを考えそうになる脳内を、ただ一文で埋め尽くす。

(俺はぬいぐるみ……俺はぬいぐるみ……俺はぬいぐるみ……俺はぬいぐるみ……)

ヨウジのてんやわんやな長い一日は、ベッドに入っても、まだしばらく終わらないのであった。

＊　　＊

早朝、トーカティア王城内、作戦指令部の会議室の一室。ふたりの騎士が会談していた。

ひとりは、王命騎士団第二師団『白夜』団長リファナ・マーヴェンライト。

その服装は、騎士としての鎧姿ではなく、私服。と言っても、もちろんシンプルでビジネスライクなモノトーンスーツのコーディネイト。

もうひとりは、第零師団『白虹《はっこう》』の団長ジーグ・サワーデン。

第零師団は、各騎士団をまとめる役割にあり、軍事面の要。そのトップがこのサワーデンである。64歳ながら、体力・魔力ともに衰え知らず。立場上それを行使する機会は今や少ないが、王の信頼も厚い『ザ・ロイヤルナイト』。

「……ふむ。昨日の報告は、これで全部かね？」

「はい。私が前後不覚であった時間のさらに正確な情報が必要でしたら、ユイット……いえ、現場にいた他の団員に話させますが」

身内であるユイットの名前を出してしまい、自分を殴りたくなるリファナ。

だが、余計なことは付け加えず、サワーデンの言葉を待つ。

「必要ない。ユイット・マーヴェンライト含め、その場にいた者には他言せぬよう指示してある。

君自身、自責の念に駆られすぎて、他人に話したりすることのないように」

「は……はい」

辞職する覚悟でその場に立っていたリファナは、予想外の言葉に困惑しながら返事をする。

「黒魔女アーネスの件についても任務失敗とはせず、リファナ・マーヴェンライトの責任は不問とする。こちらの件も、他言無用を徹底するように」

「は……はい。あの、始末書などの作成は……」

「必要ない。いや……君は不器用だからな。こう言っておこう」

あごひげを触っていた手を止め、リファナの胸の中心を指差し告げる。

「昨日のことは、君の胸中だけにとどめたまえ。その禁を破った時、あらためて罰を受けるとい い」

「………………はい」

(なぜだ……始末書などでは済まない大失態、処罰もなく、私は今まで通り団を指揮するのか？ ユイット含め、団員達は今後どんな思いで私の指示を聞くのか……)

言われた通りの不器用姉さんは、動揺を顔に出さずとも、グルグルと思考の滝壺へ落ちていく。

彼女を長く見てきているサワーデンは、もちろんそれを承知の上、より厳しい口調で指示を伝える。

「黒魔女アーネスは、ファイネル家の支援を受け、王立学園の生徒として受け入れられる。ヨウジなる者も、異種族の移民として国民登録され、同じ生活をすることとなる。もし、彼女ら一般市民が魔法による事件に巻き込まれることがあれば、第二師団《きみら》の出番だ」

(使い魔ヨウジも我が国の民に……。あの時、彼らと話したことが、こんなに突然現実となっていくのか？　確かに、不当な疑いをかけるのはどうかと思ってはいたが、これまで受けていた指示と正反対となると……何を信じればよいのか……)

「黒魔女監視の任は解除。当面は、黒い指輪事件に全力で当たってもらう。君自身が被害者となり、複雑な思いもあるかもしれんが……そんなくだらない迷いは一切捨てろ。むしろ、当事者となった経験を活かし、成果を挙げてもらう。よいな」

「……はい」


「ふぅ…………切り替えねばな」

廊下に出て会議室のドアを閉めた途端、小さく独り言を言った自分に、リファナは驚いた。

(独り言など……言うのだな、私は。頭の中だけで整理し切れていない、ということか)

リファナの中で、常に優先されるのは『国』。

それは『国民』であり、『人《それ》を守るシステム』であり、『秩序を保つ象徴たる王』であり。

そのどれもが欠けてはいけない要素であり、逆に言えば、それを壊すものが『悪』である。

（私は……常に国を守る行動をとる。国に混乱をもたらそうという者達を全力で追うことこそ、今すべきこと。あの天使による影響で国が動くことに疑念があっても、それをサワーデン様に確認する資格は、今の私にはない……）

これまで同様に騎士団として動くことが国のためになるのは、少し考えれば判ることだが、何せ彼女は『不器用姉さん』だった。

（言われた通り、仕事に戻るとしよう。仕事さえあれば、自然と考えも整理されるだろう。ま、事件など起こらないに越したことはないのだがな）

＊　　＊

「!!　アッ！　ネッ!!　ヨウッ!!　あ、あなた達!!　こら――――――ッ!!」

ユーオリアの金切り声が部屋に響き渡り、ヨウジは慌てて上半身を起こした。

「な、何だ何だ？　ユ、ユーオリア嬢……？」

ドアを開けたその場で、ユーオリアは真っ赤な頬&怒り心頭に発するという顔。

「あれだけ言いましたのに……ふ、不潔ですわッ!!　まさか、アーネスさんに何かしたのではないでしょうね!?」

「アーネス……に……？」

ヨウジがベッドに目線を落とすと……いつの間にか人間態に戻った自分の腕にアーネスがくっついて、いまだ寝息を立てていた。

「ちょわ……ち、違う！　これは、その……」

「ヨウジさん、お外へ出なさい！　骨まで燃やし尽くして、煩悩と罪業を浄化して差し上げますわ!!」

ユーオリアの指がワナワナと動き、そこから花が咲くように赤い理霊元素《エレメント》が揺らめく。

一瞬ゾッとするが、わざわざ『お外へ出なさい』と言うくらいの理性があるのだと思い直し、ヨウジはあらためて説得を試みる。

「アーネスが部屋に来て……俺をぬいぐるみ代わりにしたんだよ。まだ子供だから、しょうがないだろ？」

「それで……寝ているうちにクシャミで変身していた、というわけですか。あらためて確認ですが……アーネスさんの体を触ったりしていないでしょうね？」

「してないしてない！」

ようやく怒りの炎が消火されるが、ユーオリアはその指を顎に当て、しばし考える。

「わたくしも……明日から銀鼠寮《ここ》に入りますわ。アーネスさんと相部屋で、淑女としての観念をみっちり身につけてもらいます」

「あ、ああ……ユーオリア嬢なら護衛としても十分戦力だし、それがいいんじゃないかな。君の家が許してくれるようなら……」

「現在、お父様と交渉中なのですよね。まぁ、学校の件もありますし、大丈夫だと思いますが……って、それより、アーネスさんはどうしてまだ寝てますの!?」

散々ふたりが自分のことで大騒ぎしているというのに、アーネスは微動だにせず、ヨウジの腕にしがみついたままスースー言っていた。

「アーネスさん、起きなさい！　もう朝ですわよ！」

そう言って、アーネスのふくらはぎをペチペチと叩く。と……ようやくアーネスはわずらわしそうに寝返りを打つ。

「んぅ…………ん〜……」

そのままノールックで指ジェスチャーすると、魔法陣が一瞬現れ、青と黒の光《オーラ》が編み込まれるように混ざり合う。

その魔力の集合体がフッと消えたかと思うと、ユーオリアを取り囲むように液状の黒いヘビが現れた。

「ちょ、アーネ……ふむっ！　んんんんッ!!」

黒ヘビは対象の口を塞ぎ、腕を縛り、胸に、脚に巻き付き……その全身を縛り上げた。

そのまま、バランスを崩したユーオリアはスッテン床に転がされてしまう。

「ふむぅッ!!　んう――――――ッ!!」

いつの間にか、ヘビはロープに変わっており、ユーオリアはただただ身代金目当てで誘拐された貴族令嬢のように見え――。

「アーネス、やりすぎだ！　セクハラやめなさい！」

パチン！　ほぼ父親役のつもりで、ヨウジはアーネスの太もも辺りを平手打ちした。

「んきゃッ!?」

ビクンとアーネスの体が跳ねた。上半身を起こし、しばし半分開いた目で固まる。

何が起きたのか、しばらく考えていたが、10秒ほど経ってやっとハッとする。

「ヤッ……ヨ、ヨウジ！　お尻……触った!?」

「や。お尻じゃない、太ももら辺だ！」

「やっぱ淫獣！　アタシの体……欲しくてたまらないんでしょ！」

「だ、だから！　そんなことはな……」

言い切る寸前、自分の嗅覚を攻め続けていたアーネスの体臭が心地よかったことをヨウジは思い出す。

(俺はニオイフェチじゃない、はずだ。が、そうなってしまったのか？　いや、それ以前の問題……アーネスは『13歳』で『推し』で『ご主人様』なんだ。そんな風に見るわけ……)

「んう────ッ！　むぅう！」

ユーオリアの声にならない抗議に、ヨウジはハッと我に返る。

「アーネス、とりあえずアレ、解除してあげようか……」

「ん……ユーオリア？　何やってんの……貴族令嬢誘拐ごっこ？」

「むふぅ────ッ！　ふんぐぅ────────ッ!!」

ヨウジの説得で何とか拘束が解かれ、ユーオリアは四つん這いのまま、ハァハァワナワナと体を震わせる。

「何よ……しょうがないじゃない、憶えてないんだから。悪かったわよ、うん」

そういう趣味の人にはたまらない、ギッチギチの緊縛姿を晒していたユーオリアは、屈辱を噛みしめながらも何とか切り替え、立ち上がる。

「無闇に魔法を使ってはいけません！　王都で暮らすと決めた以上、今まで通り好き放題やってい
てはダメなのですよ」
「何よ！　今までだって、アンタが来なきゃ静かに隠れ住んでたのよ。暴れてたのはアンタでし
ょ？」
「わ、わたくしはあなたを保護するために仕方なくやっていたのですわ！」
「あー、偽善者は自分に都合よく言うわよね。村の損害をお金で解決してたけど、迷惑は迷惑に違
いないいんだからね！」
『姉妹ゲンカ』というよりは『親子ゲンカ』とも感じるような言い合いが始まり、ヨウジは苦笑い
する。
(仲は悪いけど……家族のような信頼感が、実はもうあるのかもな)
「とにかく……あなたは潜在魔力が大きすぎて、すべてを制御できていないはずです。その魔力バ
ランスを穏やかに安定させる魔法薬を持って来ました。これを今日から飲んでいただき……」
ポーチの中から、薬が入っているらしい小瓶を取り出すユーオリア。
『魔法薬なんてものもあるんだ』とヨウジはぼんやり考えていたが、アーネスは露骨に眉根を寄せ
た。
「何それ、そんな怪しいもの飲むわけないでしょ！」

「怪しくありません！　ファイネルの魔法薬研究部門で開発した薬《もの》で、体に影響が少ないよう考えられています。これは、あなたのためなのですよ！」

「イヤよ！　そんなの無理に飲ませようとするなら、また縛り上げてや……あれっ？」

指を少し交差させたあと、アーネスは自分の手をじっと見る。

「魔力が……回復してない？」

＊　　　＊

食堂にヨウジ達3人が着いた時、昨日と同じようにディント&フルードも朝食をとっていた。

ディントは相変わらずの調子で明るく手を振って挨拶してくる。が、それを適当にスルーし、ひとまず少し離れた席に3人分のトレイが置かれる。

「魔法使い同士、なんとなく魔力量を感じ取ることはできるわ。見る能力《その》も人によって違うけど……昨日から回復してないことは気付かれてるかもね、うん」

アーネスは彼らの方を見ることなく、小声で話し始める。

「まぁ、その警戒は必要だろうけど……これじゃまともに他人《ひと》と話せないぞ」

「話せなくていいのよ！　これまでだってそうだったし、それに今は……アンタ達もいるし」

言葉の端に、無意識でも仲間のありがたみを感じていることがわかる。アーネスとしては大きな進歩。

「魔力が無くて不安になる気持ちはわかりますけどね。そのための使い魔《ヨウジ》さんでしょう。守ってもらえばいいですわ」

「それはそうだけど……」

コーンフレークと新鮮なフルーツが入った器をスプーンで掻き混ぜモゴモゴ言っていると、すでに食事を終えたディントがアーネスの隣に座ってきた。

「おはよ！　もしかして俺、避けられてる？」

「避けるも何も……アタシはアンタと仲良くするなんて言ってないわよ」

「えー、悲しいな。今日学校ないし、みんなで遊びに行かない？」

アーネスの拒絶をものともせず、ディントは馴れ馴れしく言い寄ってくる。

その隙間にヨウジが割って入り、やんわりと彼《ディント》を制した。

「悪いね、アーネスは人見知りなもんで……君《ディント》のノリはまだ早いかな」

「っと、ごめんごめん。わかってはいるんだけど、頭より先に口が動いちゃうんだよなー」

てへぺろとでも言いそうな顔で、ディントは1席分だけ離れる。

アーネス達と同じく、彼《ディント》を快く思っていないユーオリアが、ひとつ溜息をついた。

「まったく……そんな軽薄な振る舞いばかりでは、人に信用されませんよ？　改めた方がよいですわ」

「ユーオリア様にも怒られちゃったよ。いや、気をつけますって」

（ユーオリア嬢なんて、一番嫌いそうなタイプだよな。とはいえ、これからこの寮で何度も顔を合わせるわけだし……）

そこに座る3人と離れた席で窺うフルードをあらためて見回し、ユーオリアは本題に入る。

「明日の午後、アーネスさんとヨウジさんには、銀組《シルバークラス》の編入試験を受けに行ってもらいます。怖いくらいに……すんなりと話が通りましたわ」

「試験……マジかぁ。魔法に特化したクラスなんて、初心者の俺が受かるもんなのかな」

『試験』と聞いて、当然ながらヨウジの不安が増大する。

「ご心配なく。入学することは決まっていますので、おそらく簡単な確認、面接試験でしょう。ヨウジさんの国民登録も済んでいるはずですし、問題ないですわ」

（まぁ……それはそれで緊張するんだけどさ）

「準備が整い次第、わたくしも銀組《シルバークラス》へまいります。それまで、問題を起こさないようおとなしくしていてくださいね」

ユーオリアがサラッと告知したのを聞き、アーネスは不満げに口を尖らせる。

「ユーオリアも同じ組《クラス》に入ってくるってこと？　そんな勝手なことしていいの？　金のチカラで好き放題なの？」

「違います。わたくしは自分の学科での課程を終えており、他学科への出入りが自由なのです。それこそ銀組《シルバークラス》は……模範生として講義を依頼されたこともありましたが、危ない方々がおられるということで避けていたのですわ」

（なんと……俺が思ってる以上に優秀な人物なんだな。世界のことやアーネスのことも考えてるし、パーフェクトお嬢様か）

ヨウジが感心していると、ディントが背筋を伸ばし手を挙げた。

「ユーオリア様ー、俺は危なくないだろ？　こんなに気さくで」

「あなたは……それ以前の問題ですわ。まぁ、男性は皆オオカミ、女性という子羊を狙っていると聞きますが」

（ベタな箱入り娘らしく、ガッチガチの貞操観念。うむ、それでこそだな）

「いやー、ひどい偏見だなぁ。ヨウジはどう？　オオカミな男なのか？」

「え？　いや……俺はオオカミじゃないぞ。むしろ、女性は苦手なくらいだし……」

「へ？　女性が苦手って……ほんとかー？」

経験上、隠していても余計ややこしいことになると感じているヨウジは、『やべー女に好かれる女難体質』であることを簡単に説明する。

そして、『アイドルという存在に救われたこと』『アイドルだけは、恋愛とは違う形で好きになれる』ということも。

この世界にアイドルの概念を少しでも根付かせるためには、自分自身《ヨウジ》はドン引きされようとも、そんなリスクなど気にしてはいられないのだった。

「なるほど……その女難体質が事実でしたら、ヨウジさんに好意を持つ女性はもれなく異常人格の危険人物、ということですわね」

「いや、待って！　そこまで言うわけじゃないんだけど。そういう女にばかり狙われた……というデータから、俺がそう思ってるだけで」

「まぁ、そのような能力もこの世にはあるかもしれませんし。とにかく、よかったですわ。わたくし、まともな人間だと自信を持ってよいようで」

ヨウジとしては、ユーオリアも『やベー女寄り』だと感じているのだが……『惚れられないに越したことはない』と、心の中でホッとする。

「ふふっ……それ、面白すぎるな！　つまり、ヨウジと一緒にいれば、異常な女は君に行く。ってことで、君を好きにならない子を狙っていけばいいってことだよな？」

ディントはヨウジの肩に腕を回し、スキンシップ全開でグイグイ来る。

「いや、だから……俺がそう思ってるだけで、保証なんかないから！」

「ヨウジ、あらためて気に入った！　今、彼女いなくてさー、頼りにしてるよ。これから末永くよろしくな！」

「俺は、お前のカノジョ選別レーダーじゃないぞ……」

(やっぱコイツ……苦手だな。男のくせに香水っぽい匂いもするし、奥の体臭もなんか違和感が。魔法で何か加工してる？　まだ魔力の匂いとかはわかんないな……)

「…………もーう！」

ディントに絡まれ苦笑いしているヨウジを尻目に、黙々と朝食を食べていたアーネスが頬を膨らませて立ち上がる。

そのままスタスタと食堂を出て行くので、追いかけたヨウジは廊下で呼び止めた。

「アーネス、どうした？　学校や街のこと知らなきゃいけないし、話を聞いてた方がいいよ」

「そんなの……使い魔のアンタが聞いておけばいいのよ、うん」

13歳の女の子らしく不機嫌を隠さず、ヨウジから顔を背ける。

「そんなこと言うなよ。慣れない世界に突然来て、なんとか対応しようと頑張ってるんだから……もっと気遣ってくれ」

「悪かったわよ！　勝手に召喚して！」

「いや、そういうこと言ってるんじゃ……どうしてそんなに機嫌悪いんだ？」

「アタシだってわかんないわよっ！」

理不尽な憤慨に、ヨウジはもちろん、当のアーネスも戸惑う。

引っ込みつかず、そのまま自分の部屋へ戻っていくのを、ヨウジは仕方なく見送った。

（うーん……年頃の娘を持つ父親の感覚なのかな。って、こんな風に考えてると、また逆撫でするみたいになるのか？　わからん……）


ぷりぷりアーネスを見送って、食堂に戻るヨウジ。ディントがすまなそうに見上げてくる。

「なんか、また機嫌損ねちゃった？」

「いや、君《ディント》じゃないと思うけど。まぁ、色々あって不安定なのかな」

アーネスが抜けたその場4人のうち紅一点ユーオリアは、無意識の女の勘というか、念を押しておく必要があるような気がしていた。

「あらためて、わたくしはヨウジさんを恋愛対象として見ていません。恐怖症みたいなものは簡単な問題ではないでしょうけど、怖がらず会話してくださいね」

「あ、ああ……お気遣いどうも」

(好意を持たない女性ならバンバン話せる……という理屈ではないいんだけどな)

「ねーねー、もしかしてユーオリア様は彼氏いたりするの？」

相変わらずの気軽さで、ディントは手を挙げて質問する。

「何を低俗な……あなたに関係ないでしょう」

「冷たいなー。まー、普通の家の生まれの俺なんかとは付き合えないか」

「家柄以前に……あなた、黒魔法使いなのでしょう？　わたくし自身は黒魔法差別したりはしませんが、白魔法使いでないと家が結婚を許しませんので」

(サラッと言ってるが……やっぱそういう『家で結婚相手決まる』って感じなんだなぁ)

ヨウジがギャップを感じていると、ディントは何か謎が解けたかのような気付きの顔で再質問。

「結婚できなくても、付き合うことはできると思います！　俺、結婚しろとか言い出さないから。どう？」

「何が『どう？』ですか！　お付き合いするということは、結婚前提に決まってますわ！」

まるで、わざと嫌われに行っているとすら思えるディントのムーブ。

冷静に努めているつもりのユーオリアも、語気がどんどん荒くなる。

「なんだよー、そんな色っぽい服は着てくれるくせに、お堅いなー」

「なッ……低俗な目で見ないでくださいます!?　わたくしが体を強調する服を選ぶのは、人体が芸術だからです。あなたのような芸術を解さない方に見せるためではありませんわ！」

（ああ……なるほど。漫画アニメなら、お姫様でも内気な子でも胸を強調したりして『まぁ、そういうもんか』と無意識に見てたけど、今居るここはまた違う現実《リアル》。ユーオリア嬢なりのこだわりが、ちゃんとあるものなんだな）

「うーん……現実《リアル》かぁ。アニメみたいなのでいいんだけどなぁ」

「ん……ヨウジさん、何かおっしゃいまして？　質問があれば言ってください。ディント《このひと》さんより もっと発言していただかないと！」

「あ、いや……す、すみません」

（いかんいかん……『アニメみたいな』とか、こんなワードが出てる時点で、元の世界に未練があるってことだもんな）

一日も経っていない今、未練がないわけないのが普通だろう。そう考えると、やはりヨウジは以前より前向きな性格になっているのかもしれない。

ディントの相手をするのに疲れたユーオリアは深く溜息をつくと、空気を入れ換えるかのように、奥に座るフルードの方を見やる。

「フルードさん、あなた、今日ご予定は？」

「え？　あ、いえ、特にないですけど……」

予想外に名を呼ばれ、フルードは考える間もなく答える。

「アーネスさんとヨウジさんに、ひと通り街を案内してください。あと、校舎の場所もですね」

「ぼ、僕だけですか？　ユーオリアさんは……」

「わたくしは予定がありますので。ディントさんには任せられませんし、あなたしかいないのですわ」

フルードは一瞬悩むような顔をしたが、すぐに笑顔を作る。

「学校までの道のりを案内すればいいんですよね。わかりました」

＊　　＊

嫌がるアーネスを何とか説得し、三人は寮の外へ出た。

ヨウジとフルードが並んで歩き、アーネスはヨウジの影に入るように後ろをついて行く。

まだまともな服を持っていなかったヨウジは、ユーオリアに用意されたきらびやかな服の中から、できるだけ地味でラフに着こなせそうなものを選び、なんとか落ち着けた。

「悪いね、休みの日に付き合わせちゃって。本当に予定なかったの？」

「ないわけではないですが……急ぎの用というわけでは。大丈夫ですよ」

フルードは穏やかな笑みを作る。表情も口調も好感しかなかったが、何かの心情が表れているのか、手持ち無沙汰な指がブレスレットを擦っていた。

「えっと、何から紹介しようかな。気になる所があったら、言ってくださいね」

銀鼠寮は住宅地の終端というような立地で、遠くに見える王城へ近づくに連れ、賑やかさが増していった。

様々な食料品や雑貨を扱う店が並ぶ商店街、テラスのある飲食店や焼き菓子を売る露店。

ヨウジにとっても、ちょっとした海外旅行に来たくらいの街並みと見え、特に不自由はなさそうに感じた。

「ユーオリアにお金は借りたけど、無駄づかいできる身分じゃないしな。とにかく道を憶えよう」

「おふたりとも……ユーオリアさんと親しいんですね？」

「え？　あ、いや、俺はアーネスのついででお世話になってるだけなんだけど……」

（そういえば……疑問にも思ってなかったけど、言語ってどうなってるんだ？　自分で認識できないものの、自然にコッチの言語を使ってるっぽいよな。なんとなく映画やアニメの感覚でファーストネーム呼び捨てを選択してたけど……フルードから伝わってくるような『ユーオリアさん』ってニュアンスの方がいいか？）

「何よ、フルード《アンタ》も詮索したいんじゃない？　あんまり自分のこと話したがらないくせに」

アーネスが仕掛けた。フルードはビクッと体を震わせ、アーネスと目を合わせずに答える。

「すみません、確かに詮索でしたね。今のはなかったことに……」

「ユーオリアは『ユーオリア』よ。王都《こっち》じゃ有名人かしらないけど……アイツは黒魔女のアタシを力尽くで保護しようと、ずっと狙ってきた人身蒐集家の変態よ。呼び捨てで十分、うん」

「え、ええっ？　そうなんですか？」

「アンタ、そんな世界があることも知らないようね。アタシはたくさん本を読んできたから、人間にはそんな暗く汚い面があることも知ってるの。子供扱いしないでよね」

ヨウジの背中に隠れ、かなり距離を空けながら、アーネスはドヤ顔で言い放つ。

「子供扱いなんて……僕はアーネスさんをスゴい人だと思ってますし」

「……ふん、どうだか」

(黒魔女として迫害されてきて、そこに本の知識で頭でっかちになって。このひねくれキャラはバラエティとして武器になるが、もう少しエンタメ化していかないとなぁ……)

「それと……ヨウジは使い魔としてアタシが契約した異種族の戦士。文化の違いで対等に接してくるけど、アタシがご主人様なんだからね」

「そうなんですか。文化の違い……なるほど」

(『異種族の人間が使い魔として契約している』という設定なのか？　そんな感じもＯＫな世界な

んだ。って……そういう大事なやつは、事前に打ち合わせしといて欲しい……）

手探りでお互いの距離感を作りながら、三人は街中を散策した。

診療所や騎士団詰め所、武器屋や魔法専門店、少しルートを外れると酒場の多い繁華街があること、必要な位置関係を詳しく教わりながら、いよいよ目的地に到着した。

「この坂を上ると……僕達の通う銀組《シルバークラス》の校舎があります。小高い山になりますが、そこまで広い敷地ではありません」

フルードの説明通り、木々の生い茂った山の中へ続く坂だけがヨウジ達の目の前にあった。

住宅地の街並みからさほど離れてはおらず、そんなエリート育成校があるとは思えないのどかな風景。

「あとは行けば判りますので、明日、試験の時にあらためてどうぞ」

「ああ、ありがとう。助かったよ」

フルードの、顔に出してはいないが『できれば他人と関わりたくない』という意識を、ヨウジもなんとなく感じ取っていた。

(日本人的過剰な気遣いかもしれないけど、俺も元々そういうタイプだし、無理に付き合わせるのもな)

「じゃ、僕はこれで……」

「待ちなさいよ！」

笑顔で愛想するフルードを、ヨウジの陰からアーネスが呼び止めた。

「もうお昼だし……一緒にゴハン食べたらいいじゃない、うん」

「え？　いや、そんな……僕なんか邪魔だと思いますし」

「邪魔じゃないわよ。いいから……もう少し付き合いなさい」

「は、はあ……じゃあ」

意外な人からの意外な提案に、フルードは戸惑いを隠せず、それでも笑顔で答えた。


パン屋にカフェが併設されたような店に入り、勝手がわからないアーネス&ヨウジは結局フルードと同じランチセットを注文。

焼きたてパンにバターとハチミツを塗ったもの、具だくさんなカボチャスープ。店長のおばさんが豪快な人で、大サービスの大盛り仕様になっていた。

「わぁ……ハチミツバター大好き！」

「それはよかった。けど……全部食べられる？」

「余裕よ！　ヨウジが無理なら、アタシが食べてあげる、うん！」

好物を前に機嫌をよくしたアーネスの明るい声を聞き、ふたりは顔を見合わせホッとする。

「あ……ごめんなさい、アタシ、子供みたいにはしゃいじゃって」

ハッと我に返ったアーネスは、照れくさそうに俯いた。

「いいじゃんか。やっぱ人はみんな共通して、好物を食べる時が幸せだもんな」

ヨウジ的には『昼飯としてはちょっと甘そうだな……』と思いつつ、アーネスの可愛らしい所が見えて、大収穫だとも思う。

「あらためて、誘ってくれてありがとうございます。お察しの通り、あまり人付き合い得意じゃないので……なんだか遠慮がちになってすみません」

「でもアンタ、寮ではあのディントと一緒にいるじゃない。友達なんでしょ？」

「ディント君は……誰かいれば声をかける人なので。たまたま昨日今日と、僕だっただけですよ」

（意外な組み合わせとは思ってたけど、実際そんな特別仲いいわけじゃなかったのか。まぁ……ディントがアレだからな）

「銀組《シルバークラス》は、特別な魔法使いが集められたエリート組なんだよな。フルードは……どんな感じで入ったんだ？」

だいぶ打ち解けてきたんじゃないかと思ったことと、寮内でないこともあり、ヨウジは少し突っ込んだ話を仕掛けてみる。

「僕は……たまたまですよ。普通科にいたんですが、偶然大きな魔力を発現させたことがありまして。調べた結果、他人の魔力を分析することに秀でているらしくて……」

「アンタ……アタシを初めて見た時、かなり驚いた顔してたわよね？」

「……はい。アーネスさんの魔力量は魔法使用者なら判ると思いますが、あなたは昨日今日と魔力を減らしている状態でしたよね？」

「やっぱり……わかってたのね」

「僕は、他人の魔力の総容量や、魔力の質というか内訳みたいなものを読み取ることができるんです」

意外と話してくれるフルードに、すっかり信用してもらった気がして、ヨウジは少し会話が楽しくなってくる。

「イメージしにくいけど……それって特別なことなんだ？」

「そうね……もし敵対勢力の中にいたら、真っ先に潰しておきたいかもね、うん」

「か、勘弁してくださいよ。本当に大した力じゃなくて……銀組《シルバークラス》の中でも肩身が狭いんです」

フルードはそう言って、文字通り少し縮こまって見せる。

「ただ、価値があるとされる限り、国に補助してもらうつもりです。恥ずかしながら……裕福な家じゃないので」

（そっか……苦学生って感じなんだな。とか言って、俺達も同じ身分か）

「その……色々、態度悪くて、悪かったわよ」

アーネスがパンを手放し、視線は向けないままボソボソと呟く。

好物による効果なのか、そんな意外な言動に、ふたりは言葉を忘れてアーネスの次の言葉を待つ。

「アタシは……黒差別する奴を嫌ってるけど、たとえそういう奴がいても自分から攻撃したりしないわ。アンタは白だけど……差別しないんでしょ？」

「僕は……『敵を作らないように』とばかり考えて生きてきたんですよね。もちろん、誰かを差別なんてしません」

自虐的な笑みを浮かべ、フルードは慎重に言葉を選ぶ。

「でも、正直、怖がってはしまうんです。アーネスさんは、基本すべての人を憎んでいるでしょうし……」

「だから、それは……！」

「そう……それは、そもそも一般の人々が自ら生み出した憎しみです。アーネスさんは悪くない」

努めて笑顔でいようとするフルードだったが、その笑顔に寂しさが混ざるのを隠せなくなっていた。

「僕は……白魔法使いの中で虐められていました。だから、アーネスさんの気持ちが少し解る……

いえ、『少し』と言うのもおこがましいかもしれませんが」

何か口を挟みたくなるが、アーネスは何も言えず、とにかく彼の言葉を聞く。

「だからこそ、怖いんです。どれだけ負の力を秘めているか……自分を基準に想像してしまうから」

フルードが恐れているのは、黒魔女なのか、自分自身なのか。彼自身にもわからなくなっていた。

「アンタがアタシを怖がるのを責めたりしない。笑顔を作って、うわべだけの付き合いをするのも別にいいと思うわ。だけど……アンタを見てると、このままじゃダメな気がする」

共感できる人間に出会い、心の中で何かが変化しているのか、自分のことを棚に上げ、アーネスは説教めいた言葉を送る。

「あなたは力があるから、仲間もいるから、大丈夫ですよね。僕は……弱い。でも、弱い自分なりに乗り越えていきますよ」

最後は、暗くなった雰囲気を吹き飛ばすように明るい笑顔になってみせる。

その気遣いを察し、ヨウジ達も普通の食事へ戻っていく。

アーネスは結局、自分の分をギリギリ食べきれず。残った料理は、ヨウジがおいしくいただきました。

「すみません、ご馳走になってしまって。色々話せて良かったです」

「いや、こちらこそ。それに、オゴリといっても、借りてるお金だしな……」

なんとなく日本人同士のやりとりっぽさを感じ、ヨウジは少し嬉しくなる。

「それじゃ、僕は寄る所があるので。あらためて、これからよろしくお願いします」

そう言って、フルードは帰り道とは逆方向へ去って行った。

なんとなくその背中を見送ってから、ヨウジ達は帰り道を無言で歩き出す。

少し賑やかな通りに差し掛かった頃、ようやくアーネスが口を開いた。

「白の中でも……虐められる白がいるのね。きっとアタシの方が大変だと思うけど、でも、そんなの本人にしかわかんないわよね、うん」

「……そうだな。俺も、その当時は『なんで俺だけが』って気持ちだったけど、世の中に同じような悩みを抱える奴がたくさんいるんだ」

(思い出したくもないし、これからをイイ人生にするためにも、こんな暗い話したくはない。けど……乗り越えていくために、必要なのかもな)

「それって……その悩む人より、もっと多い数のイジメる人間がいるってことよね」

「まぁ、その通りだな。社会性を持つ動物には『マウントとる』本能があるってことで……」

「やっぱり……社会《おおぜいのひと》って怖いわよね。そんな世界、本当に居続けられるかしら？」

隣を歩くヨウジを上目遣いに見つめるアーネス。

言って欲しい返事前提で投げかけられた質問に、ヨウジは少し考えて口を開く。

「……居続けようよ。そんな心ない奴らに負けを認めて、アーネスが隠れ住まなきゃならないなんて、おかしいだろ？」

「それは……そうだけど」

「何より……俺がいる。いや、俺だけじゃない。アーネスの味方は、どんどん増えていくさ」

「………はぁ。それができるのが『アイドル』……なんでしょ」

「その通り！　フルード《あいつ》も、いつかアーネスの歌を聞いて、変われたらいいんだけどな……」

まっすぐ前を見つめるヨウジの横顔を見て、アーネスはまたひとつ溜息をつく。

（『俺がいる』だけでいいのに……。どうして、そういうのがカッコいいってわかんないのかしら）

「大丈夫、アーネスは十分魅力的だから。いつかきっと……」

（なーんて……そう言わない理由もわかってる。ヨウジは『カッコ良くしよう』なんて思ってないんだもん）

「ほんと……アイドル馬鹿よね。アンタはいつまでも変わらなそう」

「安心してくれていい。『推せばひとすじ単推しで』推し変なんてありえないからな」

「オシヘン……って何よ？」

「ああ……この場合、俺がアーネス以外のアイドルを応援するようになる……まぁ、浮気って感じかな」

「ふ、ふーん。ま、どうでもいいけど……」

4章 月とスペシャル

銀鼠寮に帰り着いた時、門の前でユーオリアとその従者ウルクスが睨み合っていた。

「ただいま……って、何かあったのか？」

「ああ、おふたりとも、おかえりなさい。別に何もないですわ」

「お嬢様、考え直してくだされ。銀組《シルバークラス》に参加するだけなら、お屋敷から通えばよいことでしょう」

（ああ……家《ファイネル》からの反対派代表ってわけか）

「もう決めたことですわ。お父様にも報告しましたし、あなたが口を出す段階ではありませんわ！」

「旦那様は許されたわけではありません。国から黒魔女を保護することが認められたとはいえ、危険がついて回ることには違いないのですぞ！」

　もちろんユーオリアは、今まで家を出ての生活などしたことはない。

　家の者はほぼ反対していたが、国が味方についたことで押し切られた形だった。

「黒魔女あーにゃんの歌と踊り……正直、私も認めてはいます。が、お嬢様の身に危険が及ぶ可能性という面では話が別なのです！」

ウルクスは複雑な表情で、アーネスとユーオリアの顔を交互に見る。

「別にアタシは、アンタに認めてもらわなくても結構よ」

「認める認めないの話はどうでもよいのだ！　お嬢様が問題に巻き込まれぬよう……」

「やかましいオジサンね……もう歌ってあげないんだから。ふん」

「ぐう……ッ！」

ライブの魅力を知ってしまったウルクスは葛藤する。が……さすがに、ユーオリアのことが最優先だった。

「終焉の魔女ドレーザは、ただの昔話ではないのです。あーにゃん殿には悪いが、『黒魔女が災いを呼び起こす』という伝承も、迷信とは言えないもの。いや、もし迷信だとしても、ファイネル家の令嬢が関わるべきではないのです」

そのキーワードに、ヨウジは昨日見た白昼夢のような現象を思い出す。

(アーネスが終焉の魔女に……魔王になっている光景。そんな未来にはならないと、忘れようとしていた。けど……)

「アーネスは……終焉の魔女ドレーザの昔話ってやつを知ってるのか？」

「……当たり前でしょ。この国で、知らない人間なんてそういないわ」

アーネスは短い溜息をつき、吐き捨てるように言う。

「千年前、世界には白魔法しかなかった。ひとり生まれた黒魔法使い、それがドレーザ。彼女は黒魔法でしかできない術で、この国を狙う魔族を撃退した。何度も国を救い、魔族は現れなくなった」

（え……ドレーザさん、魔王どころか勇者じゃん？）

「再び魔族が攻めてくる可能性に備え、ドレーザは数々の大魔法を開発。敵がいないのに大きくなり続ける力は恐れられ、人々は彼女の黒魔法が消えることを望んだ。白魔法使い達に、ドレーザの力を消して欲しいと……」

（なるほど……そういう理由があるのか。とはいえ、ドレーザの備えは決して悪いことじゃないように思えるけど）

そこまで話し、アーネスは口を閉じた。悲しいのか、腹立たしいのか、複雑な表情でユーオリアを見つめる。

ユーオリアはそれに何の合図を返すこともなく、続く物語を話し始めた。

「大勢の白魔法使い達が……ドレーザさんを捕らえに行きました。ドレーザさんは怒り、黒陽の魔狼ガルガモートを召喚します。ガルガモートはドレーザさんの潜在魔力をさらに引き出し、それにより、大魔法『リバラーヴルの太陽』が発動しました」

（ん……それって、俺が喚ばれた関係性と似てる？　アーネスは……そのガルガモートって奴を喚ぼうとしてたのか？）

「大魔法『リバラーヴルの太陽』は、世界中の魔法を停止させる、という魔法《もの》。白魔法使い達はみんな魔法が使えなくなりました。が……ひとりだけ残っていた白魔女の勇者メーシャによって、終焉の魔女ドレーザは倒され、月に封印されました」

ユーオリアはそう結ぶと、あらためてウルクスに相対する。

「時が経ち、ドレーザの封印は解け、再び世界を終焉へと導く。月の色が変わって見えることが、その合図。そして、その変化は十数年前からすでに起こっている……ですわね？」

「そう……ドレーザはすでに生まれ変わっており、黒魔女の仲間を増やし、人々に復讐する準備を進めている……そう信じこむ民も多くおるのです」

（生まれ変わり……転生する魔法？　確かに、夢の中で魔王アーネスは『終焉の魔女の生まれ変わり』と言っていた。本人が気付いていないだけで、そんなこともあり得るのか？）

「お嬢様、私も人々の言うそのままを信じているわけではありません。が、多くの民衆が信じていることこそが危険。解っておられるでしょう？」

「そんな非魔法学的なこと……人々の意識が低すぎるのですわ！」

ユーオリアはガッと石畳を踏み、もう『切れている』と言っていいくらいに声を荒《あら》らげる。

「現在は黒魔法をあり得ない力ではなく、魔法学的に自然なものと扱っていて、人々もその恩恵を少なからず受けているのです。学術的な真実を、人々に浸透させることが……現代人としての責務なのですわ！」

（なんというか……異世界の、魔法の見方が変わってくるな。ユーオリア嬢は……科学者なんだ）

まだまだ転生2日目、ヨウジは必死に順応のための摺《す》り合わせを繰り返す。

25年ほど現代日本人をやってきたのだから当然の苦労だが、そういう作業も楽しく感じるくらいの余裕は出ていた。

「必要最低限の生活用品は、もう部屋に入れました。アーネスさん、相部屋となりますので、よろしくお願いしますね」

「ええー…………ヤだ」

心では『もう仕方ないか……』と思ってはいるが、アーネスは素直になれず、言葉では拒否する。

それを聞いて、ウルクスがオジサンらしく説教臭い声を上げた。

「『ヤだ』とは何ごとか！　お主を立派な淑女《レディ》とするため、お嬢様は自室でもずっとひたむきに考えておられるのだぞ？　それを……」

「ウルクス！　やめてちょうだい！　もう……帰りますよっ！」

急に照れくさくなったのか、ユーオリアはウルクスの手を摑み、門を出る。

その背中を、アーネスが呼び止めた。

「ユーオリア！　これ……残ったお金！」

ヨウジと二人分、持たせてもらっていた小遣い入りの財布を差し出す。

食事代にしか使っていないが、もちろんその使った分もいずれ返す気概で、アーネスはまっすぐにユーオリアの目を見る。

「結構ですわ。何か入り用になることもあるでしょう」

「そんなの……それこそ『ヤだ』ね！　アンタとは……対等でいなきゃダメなのよ！」

その言葉に、またウルクスが教育的指導を入れようとするが、ユーオリアが制す。

「よい心がけですね。では、いつかそのうち、わたくしの家へ来て仕事をしてください。その前借りということで、いかがですか？」

「……い、いいわ。何でもやってやろうじゃない」

返事を受け、ユーオリアは再びアーネスに背を向ける。歩き出してから、抑えきれずフフッとほくそ笑む。

その小さな吐息を聞き、ウルクスは大きな溜息をついた。

ユーオリアがいないのをいいことに、結局アーネスは自室に戻らず、ヨウジの部屋にいた。行儀悪く、椅子の上に三角座りで、黒の魔本を確認しブツブツ言うその姿。

彼女の女子力のためにも『パンツ見えるぞ』と言ってやりたいヨウジだが、アーネスの悲愴感ある表情を見て、空気を読んでいた。

（終焉の魔女の話、フルードの話、明日は学校で試験。暗い話ばかりだもんな。こういう時、なんて声かければいいんだろうか）

年上とはいえ、彼《ヨウジ》もまた世を憂えた社会的にはダメ人間。人ひとり元気づけるようなことを言えない自分を情けなく思っていた。

（それができたのは……唯一、夜空《アイドル》への言葉か。アイドルなんてずっと気を張ってて大変だろうって……『少しでも気が紛れれば』と思い、握手会で話す話題を必死に考えたもんだ）

ヨウジのガチオタ度の指標になるかは判らないが、考えすぎた時期の彼の解答は『夜空《よぞぎみ》の負担を少しでも減らすためには、自分ひとり分だけでも会いに行かないことが一番なのでは？』というものだった（結局、我慢できずイベントには参加するのだが）。

（いや、今は握手会じゃない。アーネスも夜空《よぞぎみ》じゃない。ちゃんと話ができるんだ。アイドルとして、じゃなく……）

「アーネス、何かして欲しいことはない？」

「ん……何よ、急に」

アーネスは魔本を眺めたまま、ぼんやりと聞き返す。

「何か元気になるようなこと言おうと考えたんだけど……直接訊くのが一番かなって」

「……何それ。そういうのは、アンタなりに精いっぱい考えた上での言葉の方が聞きたいわね、アタシなら」

「うっ……そ、そうか。えーと……ごめん」

期待通りの困り顔に、アーネスはプフッと吹き出す。

「ごめん、ウソ。ほんとは……嬉しいわ。ありがと」

「あれ？　そ、そうなのか？　なら、いいんだけど……」

予想外に、素直な可愛らしい言葉がやって来て、ヨウジはドキッとする。

『チョロい』と思われそうなワンシーンだが、アーネスはまったく意図せず自然にやっていた一連の仕草であり、それは確かにアイドルの才能の片鱗でもあった。

「そろそろ暗くなるわね。街は……少し違う雰囲気になるのかしら」

「ああ……そうだな。きっとコッチの世界でも、仕事が終わった大人達が酒場で現実逃避したりするんだろう」

「……夜の街、行ってみたいわ。次は、ふたりで」

「ええ？　いや、えっと……」

（『して欲しいことを言え』と言っておいて、また大人ぶって否定したら、今度こそ機嫌を損ねそうな気がするな……いや、でも……）

長く悩む仕草自体も、ひとつの答え。なんとか言葉を捻り出そうとするが、魔力がフル充填していないアーネスの身を案じてしまう。

それは、使い魔としてご主人様の危険を回避する意識なのか、それとも、アイドルを守るためなのか、それとも――。

「みんなが拒絶してるんじゃないかと思うから、人の多い場所なんて行きたくない。けど……ヨウジがいてくれれば、ふたりなら、大丈夫な気がするの。人に慣れるために……付き合ってよ」

「……そうだな、わかったよ」

＊　　＊

朱色の夕焼けから紺の闇へグラデーションする空の下、街は多くの人々で賑わっていた。

酒場ではない飲食店でもアルコールを出すようで、テラス席で楽しそうに談笑する者達が大勢いる。

その中には、人間態ヨウジと同じような獣人と思われる者もひとりふたり見え、ユーオリアが言っていた異種族の設定がそれほど特殊ではないのだと納得する。

（とはいえ、耳やシッポを出して歩くには、ちゃんと設定を固めないとな……）

たくさんの人に怯えながらも目をキラキラさせるアーネスの視線の先は、広場に集まる何組かの大道芸人《パフォーマー》。

「わあ……すごい！」

パントマイムのようなダンスのような、オリジナルの動きを見せる者。ギターに似た楽器を弾き、歌う者。トークを聞かせる三人組は、ラジオ感覚なのだろうか。

ヨウジが驚いたのは、アーネスとユーオリアが繰り広げた召喚霊バトルを見せているひと組。それはもちろん彼女らレベルの大物ではなく、言ってしまえば昭和の子供達がカブトムシ同士を戦わせたのに近いか。

文化の違いはもちろんだが、テレビやスマホがなければ、娯楽を求めてこうなっていくのも必然。

「思ってた以上に賑やかなんだなぁ。まるでお祭りでもやってるみたいだ」

「村でも、休みの日の午後はみんな騒いでたわ。まぁ、アタシはこっそり見てるだけだったけど……」

寂しいことを言いつつも、ワクワクが勝っている目。ヨウジは、あらためてアーネスにアイドルの素質があると感じていた。

「よし、まずは服を買いに行こう。若い子向けの服屋は……どこだ？　パッとスマホで調べられないの、やっぱ不便だな」

「服って……これでいいわよ。無駄遣いできないでしょ」

「いやいや、アイドルは私服も可愛くないと。芸能人オーラを消しつつ、適度に可愛さを漏らすコーディネイト。好みのものがあったら言ってくれ」

恥ずかしがるアーネスの手を引き、ヨウジは商店街へ向かう。

ヨウジのアイドル馬鹿は相変わらずだが、なんとなく望んでいた散策にもなりそうで、アーネスはまた少しワクワクしていた。

「ど、どう……かな」

女子向け服屋の中、できる限り目立たないものを選ぼうとするアーネスと、通常時は地味さも必要と思いつつ可愛さも求めたいヨウジの攻防が繰り広げられていたが、ようやく決着がついた。

ブラウスの上からマント代わりのケープを羽織るような上半身。

下は、かなり頑張って、太もものホルスターが見える丈のミニスカート。

色味こそ黒多めで代わり映えしないが、アーネスからすれば、かなり思い切った見た目になっていた。

「尊《とうと》!!　あ、いや……う、うん、かわいいな！　似合ってる！」

店先に出て、通行人もいる中、ヨウジは強く頷きながら断言した。

アーネスは少しビックリし、スカートの裾を摑み、気持ちで脚を隠そうとする。

「ちょ……なんでためらいなく、そういうこと言えるの？」

「推しが可愛いことを言葉にする……これもオタクの義務であり、呼吸みたいなものだな。言葉にしなきゃ、推し本人も喜ぶことができないし、新規ファン獲得のチャンスも生まれない」

「……なんか、そういうのが出ると、嬉しさも半減するのよねぇ」

アーネスは呆れの溜息をつき、二日目にして慣れてしまった論調に抗議する。

「う、それはすまない。正直に話すと、こうなってしまうな。余計なことが付属しすぎかもしれないけど、可愛いと思ってるのは本当だよ」

「わかった、わかったわよ！　何度も言わないで！　恥ずかしいな……」

嬉しい。が、いつでも『アイドルとして』がついて回ることに不満が募る。

『そういう人間を自分が喚んでしまったのだ』と何度も納得しようとするが、その不満はアーネスの中で予想以上にハイペースで膨らんでいた。

「お菓子が食べたいわ！　あそこのお店の……アレ、買ってきて！」

「いいけど……晩ごはん食べられないぞ？　お昼もいっぱい食べてたのに」

「大丈夫よ！　いいから買ってきて！」

『ワガママでイヤな子になってる』と自分でも思いながら、アーネスは頬を膨らませ、広場のベンチに座る。

(なんでアタシ……こんなにイヤな性格なんだろう。こんな奴……アイドルになんか向いてないわよ。下がるぅ……)

そう思いながらも、イヤな態度をとる理由は、自分でもなんとなく気付き始めていた。

「そっか……アタシ、ヨウジを試してるんだ。アイドルとしてダメだったとしても、同じように褒めてくれるのか……って」

(『生きてるだけで価値がある』って、ヨウジは言ってくれたじゃない。泣くほど嬉しかったくせに……心の底からは信用してないのね、アタシ)

アーネスが自分のめんどくささに辟易しているところへ、ヨウジが紙包みを持って戻って来た。

「おまたせ。はい、熱いから落とさないようにな」

「……子供扱いしないで」

(反省したっぽかったのに……アタシは何なの!?　ほんと、自分がわかんない！)

ヨウジに対するイライラと自分に対するイライラが融合しだし、アーネスはドツボに塡まっていた。

そんな複雑な想いを振り払うように、紙包みの中のドライフルーツケーキを勢いよくかじる。

アーネスの動きがピタッと止まった。

村では食べたことのない洗練されたオシャレな味が脳内で咲き、彼女の希望通り、イヤな気持ちが少し紛れる。

「おいしい……！」

ハチミツが練り込まれたケーキ生地に、オレンジ系とベリー系のドライフルーツが絶妙バランスでちりばめられている。

それが焼きたてなため、外側はサクッと食感、中ではフルーツとハチミツがトロッと溶け出す、なかなかの絶品スイーツ。

料理でも感じてはいたが、元々、甘味好きなアーネスはお菓子方面で一層、村と王都の味に対する意識の違いを感じていた。

「うん、確かにおいしいな。お中元で貰うようなデパートのお菓子に負けてない」

「こんなの初めて……。やっぱり王都では、お菓子作りも進んでるのね」

アーネスの機嫌がよくなり、ホッとするヨウジ。だが、どうして機嫌が悪くなったのか理解できないことには――。

「お菓子をおいしそうに食べるアーネスも可愛いな。ＣＭとかロケ番組も行けそうだ」

「もーう……ぽんぽん『可愛い』って言わないでよ。慣れないんだから……」

ヨウジの悪いクセは全開で、自分の想定したテレビ＆ネット番組から、ふとアイディアを膨らませてしまう。

「待てよ……魔法は科学みたいなもの。映像を送るシステムも可能なんじゃないか？　その時のため、食レポとかバラエティ力《りょく》も必要だな。ガチ優秀なコメントで行くか、いじられるような面白いひとことやリアクションで行くか……」

「ちょっと……わけわかんないことばっか言ってないで、味を楽しみなさいよ」

「いや、アーネスは素直な感情表現をしててくれたらいいんだ。どこを伸ばしていくか、戦略を考えるのは俺の役目で……」

さっき直ったばかりのアーネスの機嫌が爆発四散。

いや、正確には一時的に紛らわせていただけだったので、自然な成り行きか。

「アンタは……ほんっとアイドルのことばっかりよね！」

「まぁ、それは否定しない。元々それだけが生き甲斐だったからなぁ」

「だから、悪かったわよ！　その人生を終わらせて！」

こみ上げる涙を必死に堪え、アーネスは新しいスカートの裾をチリチリと指でこね回す。

ヨウジもアーネスの不満がまったく解らないわけではないが、だからといって、どうすればいいのか考えられるわけでもなく。

「アタシのこと、アイドルとしてしか見てないじゃない！　アタシという人間を見てないのよ！」

「そ、そんなことないって！　見てるからこそ、のアイドル戦略なんだし……」

「それが違うっていうの！　アタシのためって言いながら、気持ちを考えてはないのよ！」

「じゃあ、どういう気持ちなのか教えてくれよ」

「ご主人様のことなんだから、察しなさいよ！　アンタなんか……使い魔失格だわ！」

感情のままに立ち上がり、アーネスは走り出す。不意を突かれ、ヨウジは遅れて後を追う。

「アーネス、待って！　危ないぞ！」

アーネスは全力で商店街に向かい走るが、ヨウジの脚力なら簡単に追いつく程度のハンデ。

あっという間に距離は近づき、ヨウジは『まるでドラマのワンシーンを撮ってるみたいだ』と思いつつ、アーネスの腕に手を伸ばした。

「アーネ……すあッ!?」

その瞬間、アーネスの体が浮き上がり、ヨウジの手は空を切った。

人混みの中、アーネスは魔法で体を浮かせ、暗い色へと染まった空へと、あっという間に飛び去

ってしまう。

「アーネス……。いや、オジサンに『ＪＣの気持ちわかれ』なんて、酷だって……」

＊　　＊

飲み屋街の裏手、路地裏の暗がりにアーネスは着地し、ゴミ捨て場の横にしゃがみ込む。

ゴミを漁っていた黒猫が、警戒して一度離れるが、そろそろと忍び足で戻ってきた。

（ヨウジの鼻なら……きっと、すぐ来るわよね。いや、人間態だと時間かかるかな）

手に持ったままだったフルーツケーキの残りを頬張り、黒猫と一緒にモグモグする。

「なんか……あんまりおいしく感じない……」

いつの間にか、大粒の涙がポロポロとこぼれていた。

「見つけたら……思いっきり叱ってくれるかな」

（なに言ってるんだろ……アタシがご主人様なのに。アーネス《アンタ》が求めてたのは何なの？　お兄ちゃんでも欲しかったの？）

自分に問いかける。が、それに対する答えはなかった。

（転生させちゃったのは申し訳ないけど……ヨウジが来てくれて、ほんとによかった。アタシにはヨウジが必要……）

昨日からずっと、同じようなことを何度も考えていた。

予想していたのとはまるで違う使い魔が現れたが、あんな特殊なアイドル馬鹿だったからこそ、アーネスの心は一日にしてすっかり変わったのだ。

（でも……ヨウジにとってのアーネスは、アイドルにならなきゃ意味のない女なのかもしれない。

ヨウジの中の……『ヨゾラ』って女に勝てなきゃ、アタシ《アタシ》はやっぱり要らない子？）

不安になったアーネスが立ち上がると、黒猫がまた少し距離をとる。

表通りを覗き見て、ヨウジの顔を探す。知らないオヤジの顔ばかりで、さらに不安が増大する。

「もしかして……捜しに来てもくれないんじゃ？」

しばし葛藤するアーネスが、意を決して裏路地から出ようとした。その時——。

『封霧《シールミスト》』

突然、背後から声がして、アーネスは黒い霧に包まれた。

「んう……ッ!?」

黒い霧は、アーネスの口に黒いテープを貼るかのように変化し、その声を封じる。

その瞬間、店の裏口が開き、数人の男が現れ、アーネスに同じく黒い霧の魔法をかける。

（魔法封じ……何、こいつら!?　たまたまここに降りてきたのに、アタシを狙ってた？）

物理的に声を、ただでさえ回復し切れていない魔力を封じられ、アーネスは普通の女の子として男達に囲まれる。

(ヨウジ！　ほんとに来てくれないの!?)

ろくな抵抗もできず、男達に抱え上げられ、アーネスは店の中へ連れ込まれてしまう。

裏路地には、誰も居なくなる。

避難していた黒猫だけが戻ってきて『やっと邪魔な人間がいなくなった』とばかりに伸びをした。

「誰にも見られなかっただろうな？」

アーネスが連れ込まれたのは飲み屋の裏口で、その厨房らしき部屋には合わせて4人の覆面男がいた。

店は休業中。表は閉め切っているようで、まるでこの時のために用意されたかのようなアジト。

「見ろ、やっぱ魔法耐性が高ェ。3人で重ねがけしてなけりゃ、封じられなかったか」

アーネスへの魔法封じの掛かりを見て、ひとりが呟く。

アーネスを後ろ手に摑む者、目の前に立つ者がひとりずつ。

そして、もうひとりは少し離れて後ろ向き、ブツブツ言いながら何か準備している。

「まだ子供じゃないか。魔力が高いようにも見えんし……本当に黒魔女なのか？」

（やっぱり、最初から黒魔女《アタシ》を狙って？　もし最初から尾行《ツケら》されてたとしても、さっきアタシが飛んだ時点で、こんな周到に待ち伏せるなんて……）

今までにも襲われはしたが、大抵は精神的に危うい直情的な者ばかりだったため、アーネスは男達に違和感を覚えていた。

「あとは、引き渡しの時間まで逃がさなきゃいいだけ。余裕だな」

（引き渡し……雇われてる？　黒魔女《アタシ》のチカラを知った上で、これだけ準備して……）

できる限り冷静になることを心がけ、男達の言動や部屋の作りを確認する。

が、つい『アタシの体と、ヨウジが選んでくれた服を触るなバカ!!』と頭に血が上るアーネス。

（封霧《シールミスト》の重ねがけ……解除は無理だけど、魔力封じの効果自体は甘い。本気で出力を上げれば、無詠唱で全員一気に吹っ飛ばせるわ、うん）

気付かれないよう、指先の小さな動きだけで風の魔力を練り上げ凝縮させる。

次に、魔力の出力を一気にＭＡＸへ――。

「……を断つ。我が声はその者を従者とし、ひととき意のままに！　『心命法令《ライフルーラー》』！」

無詠唱魔法《アーネスの》が発動する直前、ひとり離れていた男がアーネスの腕に触れ、魔法を発動。

その手の指には、黒い指輪が嵌まっていた。

「んう………ッ!!」

アーネスの体はビクンと跳ね、脱力して完全に背後の男に体重を預ける。

違法とされている精神操作系の魔法だった。

「詠唱に時間かかりすぎだろ……今コイツ、何か魔法使いそうだったぞ?」

「ハァ……ハァ……禁止魔法なんてやってないんだからしょうがないだろ! 指輪の力で何とか発動できたが……あっ!?」

男の黒い指輪が、パンと音を立て砕け散った。

大した力もない粗悪品だったのか、禁止魔法がそれだけ負荷がかかるものなのか、その場にいる誰にも判らなかった。

「ここまでの処置、本当に必要なものなのか?」

「『傷つけるな』って条件の上、俺らレベルの魔法封じじゃ抑えきれねえって話だからな。いいから早く縛れ。指が使えないように後ろで両手を握らせて、だぞ」

動けなくなったアーネスは後ろ手に縛られ、テーブルの上に寝かされる。

(油断した……様子見ず、最初から全力で抵抗してれば……ッ)

何もしたくなくなるような全身の怠《だる》さの中、アーネスは唯一自発的に可能な行動、呼吸を何とか整える。

（『心命法令《ライフルーラー》』……知ってはいたけど、かけられたら、こんな感じなのね。意識はあっても、体を動かせない。そして……術者の命令を聞いてしまう？　そんなの……冗談じゃないわ！）

泣きたくなるのを必死に堪え、『絶対に助かるんだ』と自分に言い聞かせる。

「これで……金が入るんだよな。この子には悪いが……」

悪党のひとりには違いないのだが、男は葛藤するような声で呟く。

「今さら偽善者ぶんじゃねえよ。そんな考えしてると、逃げ切ったあとでも苦しんで生きるだけだぞ」

「あ、ああ……そう、だよな」

悪党ひとりひとり、それぞれ違う事情があるのかもしれないが、そんなことはもちろん言い訳になるわけもなく。

アーネスは『4人とも等しくぶっ潰してやる』と怒りを燃やしていた。

「なあ……とにかく傷つけず引き渡せばいいんだろ？　ちょっとくらい遊んでも……いいよな」

一番悪人らしい下卑た男の言葉に、アーネスはハッとする。

今回は純粋に黒魔女の力を狙う者たちであり、当面、危害は加えられないかと考えていた。そもそも、性的な目で見られる可能性など、頭からすっかり抜け落ちていた。

「いや、それは……『傷つけない』という条件に反するんじゃないのか？　というか、こんな痩せた体の子供だぞ。心が痛まんのか」

「それより、災いが怖くねえのか？　呪い殺されるぞ」

「へへ……そんなの迷信だよ」

黒魔女が災いを呼ぶ伝承を『迷信だ』と言ってくれるのが悪人だった、という皮肉。

アーネスは焦り、かけられた魔法を破ろうと気合を入れる。

（『子供に見られたくない』と思ってたけど……こんな知らないオッサンに女だと思われたいわけじゃない！）

焦れば焦るほど呼吸が乱れる。そんなアーネスの脚に男の手が触れた。

（助けて…………ヨウジッ!!）

——コンコン——

店の裏口がノックされ、４人の男がピタリ動きを止める。

取引の時間はまだ先であり、今この裏口をノックする者などいないはずだった。

男達は何も聞かされていなかったが、危ない案件という認識はもちろんあり、何らかの妨害ではないかと予想する。

リーダー格の男がドアに近づきながら、ブツブツと詠唱を始める。

その手にパリパリと雷系の魔力が集まり、スタンガンのような魔法が準備される。

いつでも撃てるよう構え、その逆の手でドアノブを摑――。

バキャッ!!

「ぐあ……ッ!!」

突然、紫の光の爪がドアを切り裂き、迎撃体勢だった男は逆に雷撃で倒された。

「よくも俺の推しに……怖い想いをさせてくれたな」

(ヨウジ！　来てくれた……ッ!!)

壊れたドアを蹴破り、入ってきたのは……ペンライト風の魔力の爪を両拳に生やしたヨウジ。

その髪はザワザワと逆立ち、怒りが目に見えてわかる。

「な、何だテメエ！　黒魔女の仲間か？」

「こんな恥ずかしいセリフ言う気なかったんだが……まだ手加減とかできるほど器用じゃないんでな。死にそうだと思ったら全力で逃げてくれ」

ヨウジはそう言うと、アーネスに一番近いゲス男をロックオン。

一気に距離を詰め、アーネスに当たらないよう、まず足払いで倒す。

その勢いのまま縦回転に移行し、男の股間に雷撃をお見舞いする。

「ぴぎゃあッ!!」

痙攣する男を踏みつけ、まずはアーネスの身を庇うように立つヨウジ。

残るふたりを見据え、光る爪を交差させながら狙いを定める。

「クソッ……おい、お前の仕事だぞ！」

「わかっている！」

さきほど中途半端な良心を見せていた男が拳を握る。その指には、二つ目の黒い指輪が填まっていた。

石窯のフチに拳を打ちつけ、指輪の石にヒビを入れる。リファナで見たのと同じように黒い花が咲くと、男の腕を茨が這い上り、灰色のローブがその身を包む。

「こんな魔法に頼るなど……クソッ！」

灰色ローブの覆面男は、まるでボクサー崩れのストリートファイター。

両拳を前に出し、上下に揺れながらヨウジとの間合いを測る。

(格闘技……か？　指輪の力でパンチ力を強化してる……とか？)

どれほどの威力なのかと警戒し、ヨウジは距離をとったまま男の拳に注目する。

「…………フッ!!」

男が上半身を捻った瞬間、ヨウジは思わずガードを上げる。

が、その捻りにより振り上げられた蹴りから衝撃波が飛び出し、ヨウジの腹にヒットした。

「ぐう…………ッ!!」

思わず体を折り、ガードを下げるヨウジ。

間髪を容れず男は距離を詰め、光《オーラ》を纏ったパンチを顔面に打ち込んだ。

「がはッ!!」

(ヨウジ!! しっかりして!)

たまらず吹っ飛び、食器棚に激突するヨウジ。

棚がヨウジの上に倒れ、飲み屋街とはいえ、ただならぬ物音になってくる。

「おい、誰か来たらマズい! 黒魔女を連れて逃げるぞ!」

「お前ひとりで行け! 戦いの途中で……逃げられるか!!」

指輪の男は本能剝き出しという顔つきで、ヨウジに追撃をかける。

残った男は任務遂行のため、テーブルの上のアーネスに駆け寄った。その時――。

「ウォオオオオオオッ!!」

食器棚が跳ね飛び、その中から現れたヨウジは、巨大な狼の姿となっていた。

「なッ……いつのまに召喚霊を!?」

一瞬怯むローブの男だが、すぐ手のひらに新たな魔法の法詞《フレーズ》を指でなぞり出す。

男の手にはボクサーのバンデージのような布が巻き付けられており、それが彼の媒体《アイテム》だった。

法詞《フレーズ》を書き終えると、バンデージが黒と赤の炎を帯び始め、やがて拳全体を炎で包み込む。

「俺は召喚霊相手でも、生身で勝ったことがある！　ろくに詠唱もしていない召喚霊など……！」

「グァオオオッ!!」

ヨウジの巨体に店内の柱や家具がミシミシと……いや、すでに耐えきれず破壊が広がる。

（ヨウジ……正気を失ってる？　ていうか、そのまま暴れ出したら建物崩れるわよ!?）

一度、魔力の同期で繋《リンク》がった使い魔、アーネスは何とか交信《コンタクト》を試みる。

（ヨウジ、アタシは大丈夫！　アンタが来てくれたから……もう大丈夫だから！）

しかし、アーネスの魔力は封じられたまま、ヨウジの心には届かない。

その時、ヨウジに怯えてアーネスに近づくのをためらっていた男がハッとする。

「そうだ……何のための精神操作魔法だよ。黒魔女！　お前からこっちへ来い！」

アーネスの体がビクンと反応し、その上半身を起こす。

後ろ手に縛られているためノロノロとではあるが、テーブルの上から降りようともがく。

（ヤだ……こんな奴に操られるなんて！　ヨウジ……なんとかしてよぉッ！）

アーネスが心の中で抵抗しながらもテーブルから降りようとしている時、ローブの男は拳の炎をさらに大きく燃え上がらせていた。

「ハァ……ハァ……この狭い屋内、避けることなどできんぞ！」

練り上げた魔力をさらに増幅させ、男はヨウジに炎の拳を突き出した。

その瞬間、ヨウジは大きな口を最大まで開く。

「クォォオオオ……」

遠吠えのような音は、まるでエネルギー砲のチャージ音のよう。

開いた口の中には、魔力を凝縮したような青い炎弾が浮かんでいた。

それを発射するための引き金《トリガー》かのように、黒狼は一度吠えた。

「ワオン!!」

ヨウジの口から青い炎のビームが一直線に放たれ、射線上にいた男ふたりをまとめて撃ち抜く。

「はッ……かッ」

男達の纏っていた理霊元素《エレメント》が飛び散り、魔力も体力も焼き尽くされたかのように煙を噴いて崩れ落ちる。

すべての敵が倒れ、アーネスの体の自由が戻った。

(クッ……口のミストが解けない！　手も指までガチガチに縛られてるし……魔法なんて全然万能じゃないのよ！　もーう！)

魔法の世界の住人だからこそ、『もっと便利になればいいのに』と思う。それは、科学を享受する世界の人間と変わらない。

「グァオオンッ！」

自分の力が抑えられないような、苦しむような声を上げるヨウジ。

「んふぅ……ッ！」

アーネスは後ろ手に縛られたまま、黒狼《ヨウジ》の肩辺りへ向かって、全体重を預けるように体当たり。

そして、接触状態で直接魔力を送り込むように、心の中で語りかけた。

『ヨウジ……さっきはごめん！　なんでイライラするのか、自分でもわかってなかった……』

「グゥルルル……」

アーネスの声が聞こえているのか、黒狼《ヨウジ》の息が少し穏やかになる。

『推し《アイドル》として見るのは……いいよ。だけど、それだけじゃイヤ』

アーネスの表情は、普段ならなかなかできない柔らかく優しげな笑顔になっていた。

『アタシ達、家族みたいなものでしょ？　だから……アタシがダメな時は、もっとちゃんと叱って

……欲しい』

黒狼《ヨウジ》はその場でゆっくりと『伏せ』の体勢になり、フスーとひと息つく。

『この世界で生きてくために……ヨウジが必要なの。だから……ずっとそばにいて！』

まるで、寝る前に飼い犬をモフるような光景。

主人の言葉がわかっているのか、いや、そんなことはどうでもいいような、一緒にいるのが当たり前だと受け止め目を瞑る大型犬の姿があった。

『ヨウジ……寝ちゃったの？』

アーネスが問いかけるのと同時に、黒狼《ヨウジ》は黒い光に包まれる。

そして、瞬きの間に人間態に戻っていた。

「あ、れ……アーネス？　ん？　俺……ちゃんと助けたんだっけ？」

「……んむー」

黒狼フォーム時の記憶がなさそうなことを確認し、アーネスはガックリうなだれた。

が……自分の言ったことを思い出し、急激に照れくさくなる。

(出会ってまだ二日だもん……ゆっくり理解し合えばいいわよね。アタシも、かんしゃく起こさないようにしないと……)

＊　　＊

「早速、お前達が事件に関わっていたのか……」

飲み屋が半壊しそうな大騒ぎ。野次馬が集まり、程なくリファナ達騎士団も到着した。

「事件を起こした、みたいに言わないでくれる？　アタシは攫われそうになっただけ、完全な被害者よ」

口と腕の戒めが解かれ、アーネスは溜息をつきながら痛む腕をさする。

「わかっている。で……この男達はヨウジが？」

「えーと……はい。俺が見た限りでは、手に布巻いた奴が黒い指輪を使ってましたね」

「アタシに精神操作魔法をかけた……アイツもね。そっちは発動後すぐに砕け散ったんだけど」

「なるほど……」

リファナは縛り上げられた男ども4人を見下ろし、その中の主犯格の男をグイと引き上げる。

「金で雇われただけ、と言ったな。どんな奴だった？」

「……顔を隠した女だ」

「女？　顔を隠していたのに、断言できるのか？　声だけなら……」

「『顔を隠した』って聞いて、当然体も隠してると思っただろ？　そいつは顔だけ隠して、体の方は女を強調するかのように薄着だったのさ。イイ体だったぜ……へへへ」

(顔だけ隠した薄着の女……そんな奴なら印象強いだろうな)

「余計なことはいい。知ってることを全部話せ。どういう経緯で接触した？」

「店に客としてやって来て、前金と指輪を見せ、話を持ちかけてきたのさ。『指定の時間、裏口から出た路地に黒魔女がひとりでいるから捕まえろ、とな」

「アーネスがこの裏路地に来ることがわかっていた……？　そいつは予知でもできるのか？」

「そうかもな。俺達は雇われただけ。あとは本人を捕まえて訊きな」

その舐めた態度に、ヨウジは我慢できなくなり、リファナから奪い取るように男の胸ぐらを摑む。

「お前は幼い少女を誘拐、虐待しようとしたんだ。『雇われただけ』なんて言っても、罪が軽くなるわけじゃないぞ」

「へっ……『黒魔女を』だろ？　聞く人が聞きゃあ、喜ばれるんじゃねえか？」

ヨウジの瞬間湯沸かし器が起動し、拳が振り上がる。が……その腕をリファナが止めた。

「止めないでくださいよ！」

「お前はこやつらを散々攻撃しただろう。今は状況が違って、それはまた別の暴力になるのでな」

「へっ……そういうことだ。勉強になったな、少年よ」

吐き捨てるように言う男に、ヨウジは『やっぱり殴らせろ』と思う。

が……そう思った瞬間、男の顔が鉄の拳で吹き飛んだ。

「ぐあッ！　や、やめッ！」

容赦ないリファナの鉄拳が再び、男の顔をゆがめる。

警察に相当するらしい騎士団の団長が手甲《ガントレット》付きの拳で容疑者をボコるのを見て、ヨウジは『現実《リアル》の警察でもあったかもしれないが、実際見ると超怖ェ』とドン引きする。

「お前《ヨウジ》はもう殴る必要ない。私にも殴らせろ、ということだ」

「は、はあ……」

　スッキリした顔のリファナのもとへ、現場検証を終えたらしいユイットが歩み寄る。

「団長、また始末書ですよ」

「始末書を書いて、クズな言動を我慢せんでよいなら、いくらでも書いてやる」

「決まり事って、そういうものではないと思いますが……」

　ユイットは深く溜息をつき、姉のための必要書類の枚数をメモっておく。

「しかし……今回犯人と思われる女、前回の男、黒魔女の力を狙う者達は何人構成なんですかね。アーネスさんは今後も狙われるでしょうし……彼女近辺の警備を強化するしかないですね」

「それって……アタシが監視されるみたいで、以前と変わらないってことじゃないの？」

　半分は『仕方ない』と思いつつ、アーネスはリファナの顔を見上げる。

「私達に命じられていた黒魔女監視の任は解かれている。顔を合わせることは多くなるかもしれんが、決して監視しているわけではないと信じてもらいたい」

「別に疑ってないわ。自分の安全のためなんだし……感謝くらいするわよ」

　違うタイプの強い女性ふたりが、なんとなく解り合っているように感じて、ヨウジは少しホッとする。

（ふたりとも、昨日より丸くなったようで……イイ感じじゃないか。そのうちアーネスも、リファア

ナさんに母親みを感じるように……って、こんなことユイットに聞かれたらブッ飛ばされそうだな）

チラとユイットの方を見ると、彼はアーネスにあらためて小さく礼をした。

「終焉の魔女ドレーザを復活させようという思想集団……我々はそう予測しています。その目的は非現実的でも、すでに国を混乱に陥れていることは明白。我々騎士団は今後、あなた達を守るため全力で動きますので、どうかご協力願います」

昨日とはまったく違う対応にアーネスは戸惑いながらも『姉が絡まなければ、そうおかしな奴でもないんだろう』と、少し引きつった笑みを浮かべる。

「お前達にはもう少し話を聞きたいが……子供を夜中に拘束するわけにはいかん。ユイット、彼女らを無事送り届けるように」

「待って！　アタシ……まだ帰らない！」

リファナの言葉を遮るように、アーネスは声を上げた。

「何ですか、私が送って行くのでは不満ですか？」

「そ、そうじゃないけど。えと、その……」

アーネスは頬を赤らめながら、何か訴えかけるような目でヨウジとユイットを交互に見上げる。

その顔に、ヨウジは思い付いたまま答えた。

「あ、トイレか？　その辺の店で借りれば……」

「ち、違うわよッ！　バカッ!!」

お約束のようなデリカシーゼロ返しをするヨウジに、アーネスは少しイラッとしてしまう。

「帰るけど……少しだけ待って欲しいの。ほら、ヨウジ！　ちょっとこっち来て！」

「え？　な、何だ何だ？」


アーネスはヨウジの手を引き、裏路地に来ていた。

意図が摑めず、ヨウジはしばらくモジモジしているアーネスの言葉を待つ。

「あの…………あ、ありがとね。ちゃんと助けに来てくれて」

「へ？」

「『へ？』じゃないのよ！　ちゃんとお礼言えてなかったから！」

「あ、ああ……確かに、バタバタしてたからな…………あ、いや、そう、そうだ！　そもそも、あんな風にひとりになっちゃダメだろ！　間に合ったからよかったものの……」

（どうせ『アイドルとして商品価値がなくなる』とか言うんでしょ。いいもん、今はまだそれで……）

「経緯はどうあれ……この世界で、アーネスは俺のすべてなんだ。絶対に、いなくならないでくれよ！」

少し照れるような、でも真剣な目で、ヨウジは言った。

予想と違う返しに、アーネスはしばし固まってから答える。

「な、何よそれ。『すべて』だなんて……大袈裟《おおげさ》すぎ」

「大袈裟じゃない。俺は……人と接するの下手だし、実際、君にもイヤな想いさせてる。けど……この世界に使い魔として生まれて、アーネスのために生きるって決めたんだ」

（やめてよ……なんでそんなクサいこと言うの？　昨日もうっかり泣かされたけど……不意にまっすぐな言葉投げつけてくるの、ほんと困る！）

「だから……何か気に入らなかったとしても、今回みたいに逃げるのはやめてくれ！　もし次また逃げたら……って、ちょ、ちょっと？」

いつのまにか、アーネスはまた泣かされていた。

必死に堪えるも、後から後から雫が生まれてくる。

「ぐすっ……ごめん……なさいッ！　うえぇぇ……」

「な、泣くなって！　いや、怖い目に遭ったんだし、しょうがないか……」

（そうよ……アタシ、『ヨウジを召喚した責任がある』とか言ったくせに、ヨウジのこと全然考えてないんだ。『アタシのこと考えろ』って、自分の要求ばっかり……)

ゴシゴシと涙をこすり、アーネスはしばし思い詰めたような顔で考える。

そして、ひとつ頷くと、決意したような眼差しをヨウジに向けた。

「昨日言ってた……路上ライブ？　だっけ？」

「ん？　ああ……悪かったよ、そんなことばっかり言って」

「アタシ、やるわ。今から。うん」

「へ？　ど、どういうこと？」

「いいから！　早くアタシを……アイドルにしなさいよっ！」


「ユイット、彼女達は？」

「いえ、まだ出てきませんが……」

アーネス達に遠慮し、その場で待っていたユイットだったが、そろそろ路地裏の向こうを確認しようか迷っていた。

「やはり付き添われるのがイヤで、勝手に帰ったのではないか？」

「ちょっと確認しま……あっ!?」

ユイット達の見ている前で、路地裏から強い光が噴き出した。

「何か魔法を？　まさか、男達に黒の指輪を仕込まれていた、なんてことは……」

光が消えるのを確認し、ふたりが路地裏の入口に駆け寄る。

と……その暗がりから、アイドルが現れ、ペコリと一度お辞儀した。

「アーネス……またヨウジの魔法で変身したのか」

野次馬を含め、様々な一般市民が遠巻きに見守る酒場通り。

魔装転凜《アイドライズ》の魔法により大人の姿となったアーネスは、耳まで真っ赤にしながらも、真剣な表情をリファナ達に向ける。

「アタシ……今からここで歌うけど、いいかしら」

「アイドル活動……というやつか。大道芸などは自由に行われているが……あのような事件のあとだからな」

「今じゃないとダメなの。アタシの意志を……歌で示したいから。お願い」

リファナの中で『歌魔法により一般市民を精神操作する』という可能性を完全に捨てきれてはいなかったが、今のアーネスに悪意を感じていないのも確かだった。

「好きにするがいい。我々は周囲を警戒しておこう」

「……ありがとう」

アーネスは今一度頭を下げ、店先から群衆側へ顔を向ける。

捕り物の様子を見に集まった野次馬が、異世界のきらびやかな衣装を着た美少女が気にならないわけがなく、すでに多くの人がアーネスに注目していた。

「はぁ……やっぱり度胸が要るわよね」

そこに立つ自分に呆れるような笑みを浮かべ、マイク代わりのロッドを強く握る。

『ヨウジ、歌と振付は大丈夫よね？』

『うん……音に合わせて記憶映像を共有して再生するのは、感覚的に摑めてきた。しかし……本当によく提案してくれたよ。アーネスは……スゴいな』

『ふふっ……ヘタな歌と踊りで、みんな呆れるかもね』

『心を込めて、一所懸命パフォーマンスすれば大丈夫だ』

1stライブでは、ヨウジに操られるままパフォーマンスした。

が、アーネスは今回、歌と振付の情報をリアルタイムで共有し、自分自身で歌い踊ることを選択した。

（恥ずかしいけど……自分の表現じゃないと意味ないもんね。ヨウジ……ちゃんと見ててよ）

路地裏に残ったヨウジはサイリウム・ネイルを準備し、ひょっこり顔を覗かせていた。

（まだ日も経ってないのに……推し《アーネス》の成長を感じさせてもらえる。俺のアイドル馬鹿に合わせてく

れてるんだろうけど、その心意気こそが嬉しいじゃないか）

できるだけ平静を保ってはいたが、その目には色んな感情がごちゃ混ぜになった涙が浮かんでいる。

（実質、初《デビュー》ライブのようなもの。上手くできなくたっていい）

「行け！　アーネス！　俺がついてるぞ！」

アーネスはひとつ深呼吸し、観客《ギャラリー》を見据え、ぎこちない笑みを浮かべた。


「こ……こんばんは！　突然、お騒がせしちゃいます！」

マイク代わりのパープルクリスタルロッドを両手で持ち、ペコッとお辞儀する。

どれもこの世界の所作ではないが、ヨウジと記憶が共有されることで、様々なアイドルの情報がアーネスの中にあった。

それを元に、なんとなく『アイドルらしい言動』を演じてみる。

「とびきりアイドル！　ちょっぴり魔王？　災いよりもハッピー届ける！　『あーにゃん』こと、黒魔女アーネスです！」

一度やらされた固有挨拶を手振り付きで披露する。

と……観客から、緩やかなどよめきが起こった。

「黒魔女だって？　何か危ないことをしでかすんじゃ……」

「でも、騎士団長と話をしてたぞ？　まさか騎士団がすでに魔法で操られているのか？」

予想できていたアウェイの空気。だが、人が苦手なアーネスにとっては、いきなり心が折れそうになるくらいのストレスだった。

「あ、あの……アタシ、歌と踊りを……みんなに見て欲しくて……その……」

（もう逃げ出したい……。アタシ、弱いな。決心したはずなのに、全然ダメだ）

涙が滲み、笑顔が消えそうになる。

が……ヨウジの顔を思い出し、なんとか口角を保つ。

（アーネス……がんばれ！）

一方のヨウジは、胸の奥にあるアーネス由来の魔力に意識を集中し、サイリウム・ネイルから放出するイメージを頭に描く。

【集まれ、自然の理霊元素《エレメント》！　推しの歌声聴くために!!　俺の記憶を譜面とし!!!　あの曲奏でさせてくれ!!!】

小声でオリジナル法詞《フレーズ》を詠唱すると、ヨウジの手と手の間に高音を発するエネルギー球が現れる。

シャボン玉を飛ばすかのように優しく息を吹きかけると、それはフワフワとアーネスの頭上へ上っていき、虚空に解け消えた。

「さて……あとはアーネスと息を合わせるだけだな」

まだ慣れない魔力の同期《リンク》で任意の記憶を共有させることは、ヨウジにとって難しく、すでに余計な通信はできなくなっていた。

それでも、アーネスのことを応援する気持ちは心に固定し、祈るように光の爪を目の前で合わせる。

「まだまだアイドル研究生ですが……みんなに楽しんでもらえるように、心を込めて歌います！　よろしくお願いします！」

アーネスは真っ赤な顔で、あらためてペコリお辞儀する。

誰も拍手などしなかったが……その場にいる者はみんな、アイドル《アーネス》に注目していた。

ひとつ頷いて、大きく深呼吸をし、まっすぐに前を向く。

「聴いてください！　『月とスペシャル』」

ヨウジが両手を上げると魔法陣が現れ、それを合図とし夜空にパァンと大きな花火が咲いた。

そして、星が降るかのように色とりどりの光球が舞い落ち、アーネスを彩っていく。

その光球は、よく見ればスピーカーのように網目模様があり、それぞれが音楽を響かせていた。

月見坂88デビューシングルのカップリング曲『月とスペシャル』。

アニメのエンディングテーマに使われそうな、ゆったりとしたミドルテンポの優しい楽曲。

――大丈夫　暗い夜だって――
――君はスペシャル　つながってる――
――同じ空――
――君はどうして涙見せてるの――
――月が綺麗な秋の星空――
――みんなおんなじ悩める詠み人――
――歌が浮かばず　ひとりで叫ぶ――
――冗談っぽく君は言う　『月とナントカ』なんて――
――何も違わない　この命――
――愛の有無　確かめ合うような――
――日々に疲れ　泣きそうになるなら――
――顔上げて　私を見つめていて――
――君はスペシャル　歌うよまだ　Song for You――

テンポ遅め、初期の楽曲ということもあり、ダンスもそれほど難しくない。

それでも、まったく心得のない者が、ぶっつけ本番でやるのは大変なこと。

ヨウジの送った記憶情報は完璧だったが、全体的にたどたどしく、いかにも初心者というダンスになったアーネス。

だが、それは『ダンスに集中しすぎないように』『歌を疎かにしないように』アーネス自身がバランスをとった結果だった。

(どっちかと言えば、歌の方がまだ経験値はゼロじゃない。それに、見てる人達もきっと歌の方が……)

そんな歌声を聴くヨウジは、ペンライトを振りながら、頬に涙を伝わせていた。

「尊《とうと》…………ぐすっ……」

(歌魔法……魔力が込められた歌声だからか？　いや、そうは思えない。やっぱりアーネスには、心を込めて歌う才能がある。アイドルの素質が元々ある)

色々余計なことを考えていたはずだったが、全部吹っ飛んでしまうくらい心にクる歌声だった。

そんな歌声が止み、曲は最後の音を奏で終える。

アーネスの周りを舞っていた光球が一度浮き上がり、スポットライトのように彼女を照らし、グラデーションで消灯。

月へと伸ばすように上げた手を下ろし、アーネスは声を出さず感謝の言葉を呟きながら一礼した。

（1stライブでは……俺が操って、カッチリしたパフォーマンスを見せた。けど、やっぱりデビューしたてのアイドル、初々しさは大事だ）

涙を拭いながら、ヨウジはアーネスのお辞儀に拍手を送る。

（失敗や拙さを……アーネスはマイナスだと思ってるだろうけど、ユーザーの深層心理は違う。子犬が転がるシーン、動画配信者のヘタなゲーム実況、拙いものを見て無意識に安心したい本能がある）

今はアーネスのことだけ考えていなければならない時だが、ヨウジの脳内に初参加した月見坂ライブの思い出が一瞬よぎる。

「誰だって、拙い時がある。そして……そこから成長していく課程、そこに共感した時、涙が出るほど嬉しくなる。『結果がすべて』じゃない。『課程』というのは……とても大事なものなんだ」

アーネスのアイドルぢからを信じて、ヨウジは祈る。

どんな人にもいつか届く、そんな魅力があると――。

「なんだか不思議な曲だったな。異国の歌なのか？」

「旋律が掴みにくいけど……歌自体は、なんか良かったかも」

ボソボソと観客《ギャラリー》の中から感想が湧き、まばらな拍手も聞こえてきた。

アーネスは少しホッとして、再び頭を下げる。が、その時――。

「でも、黒魔女なんだろ？　終焉の魔女を崇拝する集団が出てきたし、歌で何か企んでるんじゃ？」

「そもそも、さっきの事件だって、その関連だよな？　自作自演ってことも……」

頭を下げたまま、アーネスはギュッと瞼《まぶた》を閉じる。

（ヨウジ……こんな想いをずっと続けていくことになるの？　アタシ、耐えられるのかな……）

涙が出そうになるのを必死に堪える。そんなアーネスの前に、老夫婦が歩み寄る。

そして、そのうなだれたアーネスの首に古びた銀のペンダントを掛けた。

「えっ？　あ、あの……」

アーネスは顔を上げ戸惑い、老夫婦の顔をそれぞれ見比べる。

「あーにゃん、だったかね？　安物で悪いが、私達にとっては大切なものでな。貰ってくれるかい？」

「こんなもの貰っても困るわよね。でも、あなたの歌に何か返したくて……」

「いえ、あの、アタシ、何か貰うために歌ったわけじゃないから……」

オロオロするアーネスを、おばあさんは柔らかく抱きしめた。

「ごめんなさいね、年寄りの自己満足なの。あなたの歌を聴いて……離れている孫に会いたくなったわ。それだけ心に響く歌だったのね」

「そ、そう……なの？　アタシの歌が……？」

慣れない褒められ案件に、より戸惑うアーネス。その手を、おじいさんがギュッと握った。

「若い子の音楽はわからんが、一所懸命な歌と踊りは見ていて応援したくなったよ。歌い手を目指しているのなら、これからも頑張ってな。あーにゃん」

「うっ…………は、はい！」

すっかり泣き虫になったアーネスの頬に、いくつも涙が伝い落ちる。

そして、同期《リンク》しているヨウジも同じように感情を揺さぶられ、腕組みのまま号泣していた。

（アーネス……頑張ったな。あらためて、ここから君のアイドル人生が始まるんだ）

ヨウジとアーネスがふたりで作る歌魔法『魔装転凛《アイドライズ》』。

それは決して精神操作魔法などではなく、パフォーマンスを一番よい状態で観客に届けるため、ヨウジの価値観で生み出された、言わばただの音響システムだった。

（この国《トーカティア》では現在こういう魔法の使い方をすることがなかっただけ、かもしれない。それってつまり、現実世界での音楽や映像とか娯楽《エンタメ》を作るすべての要素が、本当は魔法のように特別なものだったんだって……あらためて思い知らされるな）

ヨウジという人間はどこまでも特殊で、魔法に触れてむしろ『現実の娯楽《エンタメ》を作っていた技術』を

再評価するおかしな奴だった。

（魔法を使いこなせるようになれば、きっとアーネス国民的アイドル化計画は現実になる。やってやる……それが俺の生きる道だ）

＊　　＊

「銀鼠寮……ここで間違いないですね。確かに送り届けましたよ」

ユイットに付き添われながら、アーネス＆ヨウジは自分達の住処へ帰り着いた。

変身が解けたアーネスは案の定ヘロヘロになり、ヨウジに負ぶわれて寝息を立てての帰還。

「わざわざどうも。まぁ、今後も騎士団の人に守ってもらうことあるかもだけど、基本的には俺の役目だから……そんなに気を遣わなくていいですからね」

ヨウジは一応の礼を述べ、使い魔としてのプライドもチラリ見せておく。

「よい心がけですね。団長も思うところが多くある現状、何としても犯人を捕らえるつもりです。もし何か新情報がありましたら、その共有はお願いします」

ユイットはそう告げ、胸に拳を当てる敬礼をし、踵《きびす》を返す。

が、その背中で、最後にひとこと付け加えた。

「アーネスさんの歌、よかったです。『湧き出る愛』という名前にふさわしい……多くの人に愛を届けられるような歌と踊りだと思いましたよ」

（あ……『アーネス』の名前に込められた意味、聞いちゃったな。そんな意味だったか……確かに、最高の名前じゃないか）

「ありがとうございます。ユイットさんみたいな姉にしか興味なさそうな人にそう言ってもらえたら、本人も自信つくと思いますよ」

「どういう意味ですか！　と、とにかくですね……昨日は何かと失礼を申しましたが、お詫びを伝えておいてください」

「そんなの……直接言えばいいですよ。推してくれる人が増えるのは、いつでも歓迎ですから」

そのまま振り向くことなく、ユイットは速歩きで闇に消えた。

なんとなく見送っていたヨウジの背中から、短い溜息が聞こえてくる。

「何よ……散々ボロカスに言っといて、うん」

「アーネス？　起きてたのか？」

「だって……アイツがいたら、アンタとちゃんと話せないじゃない。ほんっと邪魔者なんだから……」

背中から下りようとせず、アーネスはむしろ、おんぶポジを直すようにしがみつく。

（名前の意味は……触れるなってことだよな。そんな嫌がったり恥ずかしがるようなものではないと思うけど……）

「とりあえず……ファンをないがしろにするような発言はダメだぞ。たとえ誰も聞いてなかったとしても、理解者に感謝の気持ちを持つことだ」

「……わかったわよ。でも、ライブのこと話したかったんだもん！　ほら……反省会っていうの？」

「ああ、そうだな。俺も話したいと思ってたよ」

アーネスの方から前向きな言葉が出て、ヨウジは嬉しくなり少し笑顔になる。

「ね……屋根の上まで行ける？　アタシを背負ったままじゃ無理かな」

「屋根の上？　いいけど……」

ヨウジはアーネスを背負ったまま、出窓などを足掛かりにスイスイと跳び移り、屋根の上まで辿り着く。

ちょっと護身術をかじった程度の所詮人間の身体能力では不可能な身のこなし。ヨウジは何だか笑えてきた。

「何よ……何がおかしいの？」

「いや……まだ二日目だからさ。自分の変化になかなか慣れないのはしょうがないだろ」

ちょうどいい出窓の庇《ひさし》に、ふたり並んで腰掛ける。

見上げれば、少し青みがかった大きな満月が光っていた。

「月が……とっても綺麗」

「……だなぁ。少し色味は違うけど、月を見て感動するのは、世界が変わっても一緒だ」

アーネスも、甲良陽司も、それぞれの世界で月を見るのが元々好きだった。

孤独を感じても、辛いことがあっても、月の光を見ていると、少し心が穏やかになった。

「さっきの『月とスペシャル』、月のことが入った歌よね。歌詞の中の『月とナントカ』って……何なの？」

「ああ……『月とスッポン』って言葉があってね。スッポンってのは亀の一種で『どっちもまん丸だけど、えらく差がある』って意味なんだ。月は美しいけど、スッポンはそうじゃない。距離もだけど、ふたつの存在がかけ離れてるってこと」

「ふぅん……でも、それを否定する歌なのよね。『ふたつの存在は何も違わない』って」

「そうだよ。『顔上げて、私を見つめていて』って歌詞で判るけど、月はアイドル、スッポンはオタクのことを指してる。で、スッポンじゃなくスペシャル……『特別』なんだよ、って言ってくれてるわけだ」

オタク特有の早口で、嬉しくなって解説する。いかにもな仕草。

語ってから、ヨウジはハッとするが、アーネスは月を見つめながら、それに聴き入っていた。

「いい歌ね。アタシ……気に入っちゃった。自分で歌い上げた気にもなれた曲だし……」

「う、うん。アーネスの歌……本当によかったよ」

月を見上げるアーネスの横顔を見て、思わず見とれてしまうヨウジ。

その魅力に、あらためて底知れないアイドルぢからを感じていた。

「『アーネス』の意味……どう思った？」

横顔のまま、アーネスは問うた。ヨウジは少し間を置いてから、口を開く。

「最高の名前だと思った。俺が推すアイドルに……ふさわしい」

「……言うと思った。ほんとアンタは……」

あえて、そう言ったあと、ヨウジはこうも言う。

「絶対に……愛されて生まれて、愛を持って付けられた名前だと思った。アーネスは……ちゃんと色んな人に愛されてるし、もっともっと愛されるよ」

「…………うん、そうかもね。うん……へへへ……」

涙ぐみながら、それでも笑顔で、アーネスは答えた。

「ほんと……後悔しても知らないわよ？　黒魔女《アタシ》をアイドルにするなんて決めて」

「後悔なんてしないさ。むしろ、そっちの方が嫌になったら言ってくれよ。苦しめるようなら本末転倒だから」

「うーん……愚痴とか言っちゃうかも。だって、できないことばっかりなんだもん」

「愚痴くらい聞くよ。まぁ……厳しいことも言うかもだけど」

涼しげな風を感じながら、ふたりは微笑み合う。

『黒魔女と使い魔』『13歳の多感な少女と元25歳の女嫌い』『アイドル（魔王？）候補と限界オタク』

奇妙すぎる関係性がいくつも挙げられるバディ関係だが、なかなかどうして相性はよいのかもしれない。

「……明日は学校ね。ヨウジって『やべー女に惚れられる体質』なんでしょ？　いっぱい告白してくる女がいるんじゃないの？」

「や、やめてくれよ。俺は本当に女なんて関わり合いになりたくないんだから……」

「んふふ……アンタはアタシの使い魔、ほかの女のことなんて考える必要ないのよ、うん」

悪戯っぽく笑うアーネス。そんな笑顔を見て、あらためてヨウジは基本に立ち返る。

（いかん……またイイ雰囲気になってるんじゃないか？　推し《アイドル》がオタクをオタク以上と見ることなど、あってはならないのだ……！）

「いや、好かれないにしてもコミュニケーションはとれるからな。もしアーネスに使い魔契約解消で捨てられたら、次のアイドル研究生を探さないとな～」

挑発的な口ぶりに、アーネスの中の『やベー女ポテンシャル』が秒で膨らむ。

周囲にある風の理霊元素《エレメント》が瞬時に活性化し、竜巻となってヨウジの体を上空に放り投げた。

「**推し変・禁・止!!!**」

ゴォォォォォォォォォッ
空高く舞い上げられ、ヨウジは宙に浮かんだまま、思わずクシャミする。

二頭身《マスコット》フォームに戻り、また違った浮遊感を味わいながら、少しだけ近くなった月をしみじみと眺める。

「ああ……月が綺麗だ。なんだか手が届きそうな……」

世界中の人が見つめていたくなる月のようなアイドルに、黒魔女アーネスはなれるのか。

それはこの、ひとりの限界アイドルオタク次第である。


【終?】

前日譚『アーネスVSユーオリア 第1回戦《ラウンド・ワン》 ファイッ！』

アーネスは黒魔女、ユーオリア・ファイネルは白魔女である。

この『魔女』という呼称、単なる『女性の魔法使い』すべてに使われるものではない。

誰が基準を決めるわけでもないが、女性魔法使いの中で、特に強力、もしくは一芸に秀でた者を、人々は『魔女』と呼ぶ。

もちろん、男性にも魔法の才能に秀でた者はいる。

それこそユーオリアの父、コアズ・ファイネルは国内でも屈指の高位魔法使いであり、経済的にも魔法学的にも国へ大きな影響力を持つ。

が、『魔男』とは呼ばれない。あくまで『すごい女性魔法使い』が『魔女』と呼ばれ、特別扱いされるのである。

その理由は、黒魔女ドレーザとそれを封印したとされる白魔女メーシャの伝承。

魔法の始まりともされる物語が強い共通認識となり、一般常識として人々の身についていた。

　そして、それは単なる印象によるものだけではなく、実際にこの世界では強い魔法を発現させる才能は女性の方が例が多く、学術的にも『腕力で劣る代わりのアドバンテージ』のように扱われていた。

（わたくしは白魔女……秩序を作り、人々を導く力を持つ存在《もの》。ですが、その前に……ひとりの人間ですわ。黒魔女さんを死なせはしない。そして、簡単に犠牲を容認するような醜い集団が生まれるのを防ぐ……）

　アーネスがヨウジを召喚する日からおよそ2年前、ユーオリア（15）は、アーネス（11）が暮らす孤児院にやって来た。

　付き添うウルクスは大きな溜息をつき、諦め気味に言う。

「お嬢様の邪魔はせぬ、ただの付き添いが約束ゆえ、黙っておりましたが……やはり、黒魔女を保護するのは危険かと」

「同じようなことを何度も何度も……ウルクスって水属性では上位使用者のくせに、本当に非魔法学的ですわ！」

　ユーオリアはプクッと頬をふくらませ、鼻で溜息をお返しする。

「いいでしょう、わたくしが一歩引いてあげます。非魔法学的な口伝《くでん》である『黒魔女が災いをもたらす』が本当だとして……ならばこそ、黒魔女の魔法を研究することがその対策になるの。理解できますわね？」

「お嬢様がすることではありますまい。今回、ご主人様がお許しになったのは『本人に会えば諦めるだろう』と、一度だけの約束だったからですぞ」

この数日前、騎士団第二……つまり、魔法騎士団『白夜』から派遣された騎士2名が、黒魔女アーネスを王都内の施設へ移すため孤児院にやって来た。

が、アーネスは白魔法使いを敵視＆断固拒否の意志を魔法で示し、追い払ってしまった。

「物々しい鎧をまとった男性が頭ごなしに連れ出そうとするからダメなのですわ。歳もそう離れていない女子同士なら、きっと心を許すはずです」

そう言って孤児院の門をくぐる。ふたりの両足が敷地内に着いた瞬間、その足下に紫の魔法陣が浮き上がった。

「ッ……『緋翼《ウイング》』!!」

ユーオリアが杖《ロッド》に塡まったクリスタルを二本の指でトトンと弾くようにすると、そこから白と赤の混じり合った炎が湧き起こり、一対の翼となって羽ばたいた。

浮き上がる杖《ロッド》に右手でしがみつくと、今度は左手で忙しく指ジェスチャー。足先の気流が淡い緑色に輝き、健康的グラマーなその下半身をフワリと浮かせる。

「ぐわあああああッ!!」

逃げ遅れたウルクスは、まるで底なし沼に沈むかのようにズブズブと魔法陣に飲み込まれていく。

(地属性？　情報では『風』が有力とのことでしたが……いえ、どちらだとしても対応できますわ)

ユーオリアが浮遊したまま辺りを見回していると、柱の陰からアーネスがのそり顔を出した。

「ひとり逃がした……下がるぅ。発動時間をもっと短縮できてればな」

開いた魔本を構えたアーネスが、面倒くさそうに溜息をつきながら現れる。その全身から滲み出るものを感じとり、ユーオリアはひとつ息を吞む。

(さすが黒魔女さん……膨大な魔力量ですわね)

アーネスが一度魔本の頁《ページ》を閉じる。と、魔法陣が霧散した。

そこはまたただの地面に戻っており、ウルクスは体を埋められ、首だけ生えている状態で身動きとれなくなっていた。

「クッ……このウルクス、一生の不覚！」

「何が『一生の不覚！』ですか。強引にわたくしの付き添いとして来たくせに、あっさり拘束されて……」

呆れた表情で、今度こそ敷地内に降り立つ。そんなユーオリアを、アーネスはとんがり帽子のつばで顔を半分隠し、包帯を巻いていない方の右目で睨む。

「アンタ……子供のくせにイイ反応するじゃない、うん」

「お褒めにあずかり……って、いえいえ！　あなたの方が、わたくしよりだいぶお子様ですわよ⁉」

「同じ子供でも、知識や魔法の技量はアタシの方が上よ」

「そんなわけありませんが……わたくしはお姉さんですからね。そういうことにしておきましょうか」

慈愛を感じさせる眼差しでニッコリ微笑んでみせるユーオリア。

アーネスはイラッとしつつも平静を装い、白魔女の外見を上から下までチェックする。

「お嬢様、もう帰りましょうぞ！　このような失礼な小娘……」

「ウルクス！　あなた、ちょっと黙っててちょうだい‼　そんな状態で、よく偉そうな口が利けますね？」

「むむむ……面目次第もございません……」

ウルクスに苛立ち、ユーオリアの少し子供らしい表情が出る。が、すぐに余裕の笑顔に戻り、アーネスへと向き直った。

「挨拶が遅れました。わたくし、ユーオリア・ファイネルと申します」

「……行商人から貰った王都の情報紙で見たことある名前。いくつかの難病を治癒する可能性がある魔法薬の調合術式を発見し、若くして『魔女』と呼ばれるようになった……イイトコのお嬢様か」

「あら、存じていただけて光栄ですわ。目指すは『煌星魔女《こうせい》』なのですから、誰もが知っていて当然、となるまで頑張らなくてはいけませんが」

『煌星魔女《こうせい》』とは、各分野でトップ・オブ・トップの者に与えられる称号であり、世界で十名存在する、と言われている。

というのは、その多くは魔法への探求が行きすぎ、人里を離れ行方不明になっている者が多いからだ。

魔法に取り憑かれ、賞賛されることなど二の次。ある種、狂気じみた研究者ともいえるのだが、ユーオリアは煌星魔女《かのじょ》のことを、現代日本なら特撮ヒーローかのように憧れる純粋な少女でもあった。

「黒魔女さん、あなたは黒魔法を発現させた時点で『魔女』と呼ばれる。それはそうですわ、女性の黒魔法使いが特別な力を持つことは歴史が証明しています」

「だから何なのよ。魔女同士、お勉強会でもする？　黒魔女がどんな災いを呼び込むか確かめて、学会に発表とか？」

「……そう、わたくし達は魔女同士。ならば、魔法でひと勝負してみませんか？」

ユーオリアの提案に、アーネスは目を丸くし、意表を突かれた表情を見せた。

今まで、様々な種類の人間に襲われてきたアーネスだが、こんな正面から勝負を申し込んでくる者はいなかった。

（バカ正直なバカなのか……舐めてるのか……それとも、この会話自体、何か特殊な法詞《フレーズ》を仕込んでるのか。２番かな。若くして魔女と呼ばれる天才少女、自分の力を試してみたくてしょうがないってとこ？　若いって……めんどくさいわね）

本ばかり読んできた結果、この頃からすでに、こましゃくれた思考になっていたアーネス。ユーオリアを実際年下とばかりに扱う。

「アタシは勝負したいなんて思わないわ。アンタの自己満足に付き合わせないで」

「下世話ではありますが、わたくしに勝てたら金貨１万リィンを差し上げます。魔法の研究でいただいたわたくし自身のお金ですので、遠慮は要りませんわ」

「……アタシが負けたら？」

「あなたはファイネル家の保護下となり、住み込みメイドとして従事してもらいます。待遇は正式な見習いと同等、もちろんお給金も出ますわ。きちんとマナーも身につくでしょう」

「何それ……怪しすぎるでしょ。アンタに何の得があるのよ」

「わたくしはあなたを買っている……要するに勧誘ですわ。悪いお話ではないと思いますが？」

再び驚いたような目になるのを、アーネスは再び帽子のつばで隠す。

(この女……何か隠してるにしても、アタシに価値があると思ってるのね。そもそも、黒魔女の災いを信じてないのかしら?)

無意識にユーオリアが気になり出していたアーネスだが、本人はそんな気持ちを絶対に認めようとはしなかった。

「アンタのメイドになる気なんてないけど……お金は孤児院の足しになるしね。いいわ、白黒つけたげる、うん」

「受けていただき感謝しますわ。やはり、お金は大切……もちろんわたくしに勝つことがあれば、の話ですが」

「で、何の勝負をしようっての?」

「お互いの体を傷つける気はありません。召喚霊による力比べでいかがでしょう。あなたも召喚魔法はお得意だそうですし……」

騎士団員が追い返された件で、アーネスは風属性の小型精霊竜を召喚し、その巻き起こす暴風により彼らは近付くことさえできなかった。

その情報を聞いていたユーオリアは、アーネスの得意属性や術法適性の目星を付けていた。が、基本、研究や習練しかしてきていない彼女にとって初めての実践的な機会。並の15歳なら、ビビッて本来の力を発揮できなくてもおかしくない。

のだが、悲しいかな、ユーオリアは自信満々の世間知らずお嬢様だった。

（わたくしの召喚霊を見たら、きっと『あなたスゴいのね！　私の師匠になってくれないかしら。あなたの家で修行させて欲しいわ！』となりますわ。お顔も可愛らしいですし……念願の妹ちゃん！　い、いえ、妹のような弟子ができるなんて、嬉しいことですわね）

かわいいもの好きのユーオリアはニヤニヤを抑えきれず、一度顔を背ける。

『黒魔女さんを助ける』という真摯な目的でやって来てはいたが、実際にアーネスを見て、その容姿に顔の緩みが止められないでいた。

（意地っぱりなことを仰っていますが、きっと寂しいのですわ。少しずつ心を開いていただいて、ゆくゆくは本当の姉妹のように……）

「何をゴニョゴニョやってんの？　ふざけてるんなら、帰ってくれないかしら」

「し、失礼しました。ちゃんとしますから、少々お待ちを……」

ユーオリアは瞼《まぶた》を閉じ、顔の前で杖《ロッド》を掲げ深呼吸する。

（ユーオリア、何を勝った気でいるのです？　魔法への情熱に自負はあっても、慢心など恥ずべきこと。幼いとはいえ、黒魔女さんに油断は禁物ですわ。予定通りの火山蜥蜴《マグマリザード》ではなく、わたくしの今の最大の力を見せなくては！）

「ユーオリア・ファイネルが理《ことわり》を示す！　この命力を素《そ》とし、指した理霊《りれい》の役割は書き換えられ、わたくしの望む器を象《かたど》る。器を使うは、記す座標に生きる異界の者。依り代に魂を映し、ひと時、忠実な戦士となる！」

クリスタルの上に浮いた魔法陣が輝きだし、ユーオリアはその中心へ白と赤の混じった光《オーラ》を注ぎ込む。

その表情に余裕はなく、力を抜けば自分の体が弾き飛ばされそうなほどの力が加わっているように見えた。

「いらっしゃって！　火山神形《しんぎょう》パードゥガイア!!」

その声を合図に魔法陣が一気に拡がり、その真円からゆっくりと炎をまとった巨人の石像が具現化されていく。

「お嬢様！　その召喚は時期尚早ですぞ!!」

ウルクスの声にも構わず、ユーオリアは魔力を送り込み続ける。その額に汗が滲み、プルプルと震える腕を必死に抑え込んでいるのがわかる。

その大仕事を、アーネスは腕組みで傍観しながら、またひとつ溜息をついた。

「見栄っ張りね……所詮、お嬢のままごとだわ、うん」

巨人《パードゥガイア》の身の丈はユーオリアの倍ほど。予定していた火山蜥蜴《マグマリザード》の10倍にもなる体軀。

「オオオオオオ……」

その体の最後の足先が形成しきるかしきらないかのタイミングで、それは重く低い咆哮を上げ、長い腕をグルンと振り回した。

「キャアッ!?」

あろうことか、召喚主を吹っ飛ばすような動作。ユーオリアは咄嗟に物理防御の魔法を張るが、衝撃で芝生の上をゴロゴロと転がされる。

「お、お嬢様!! 大丈夫ですかッ!?」

「だ、大丈夫ですわ! 実戦なのですから……こういうこともあります!」

「ぷっ……あはははっ! なんだか大変そうね、天才白魔女さん」

「クッ……召喚は成功したはずですわ! ここからでも制御は……」

杖を握り直し、まるで指揮者のように空中で新たな魔法陣を描く。

ユーオリアは力強く念じながら、その円盤を両手で飛ばし、巨人《パードゥガイア》の胸辺りに追加の魔法陣を撃ち込んだ。

「形成段階で誤因子が出ていたとしても、この魔法で体中を走査、発見して修正を……ッ!?」

「オオオオオオオオオオオオオ」

先程はたまたま近くにいた者に当たったようだったが、巨人《パードゥガイア》はその拳をユーオリア目がけて振り下ろす。

「ひッ……!!」

「お嬢様ぁッ!!」

ゴウンッ!!

思わず目を瞑り、ちぢこまるユーオリア。轟音のあと、少し遅れてその髪を突風が掻き乱す。

「自分の力量も把握できないお子ちゃまのくせに……なーにが『お姉さんですから』よ」

へたり込むユーオリアが瞼《まぶた》を開くと、目の前には、今まさに巨人《パードゥガイア》のパンチを弾き飛ばしたアーネスが立っていた。

「その姿…………烈風の鎧装《がいそう》ヴィンガウス……ですの？」

「ふうん、知識の方は確かみたいね。この鎧、便利なのよ。念じれば早く動いてくれるし、物理被害は風の力で分散してくれるし」

アーネスの全身を、流れる緑風がまとわりつくように覆っていた。

それは、とある異界の勇者が使用した鎧で、特殊な製法で風と金属を融合させた不定型な防具。

つまり無生物を喚び出す『異具召喚』が行われた結果である。

（異具召喚……今はリファナさんが有名ですが、適性がある魔法使いは極少数。黒魔女さんの才能は無限ですの？）

「そ、そもそも、いつの間に召喚を？　非魔法学的ですわっ！」

「ちょっと黙ってなさい……よっと！」

再び飛んで来たパンチを両手で受け、風の力を加えて反転させ、巨人《パードウガイア》の頭部目がけて撃ち返す。

「オ…………」

巨人《パードウガイア》の頭部に折れた腕がロケットパンチのようにめり込み、全身から噴き出していた炎が一瞬強く燃え盛る。

炎が煙に変わり、すべての動きを止めた巨人《パードウガイア》の魔力が爆散。爆発の中、その巨体は霧のように消えていった。

「種を明かすと……アンタに会う前から召喚してたのよ。それを一時的に圧縮して隠し持ってたってわけ。ま、アタシだから完璧に再構築できるんだけど」

余裕を見せながらも子供らしいドヤ顔で、白魔女を見下ろす黒魔女。

ポカンと口を開けて見とれていたユーオリアはハッとして、はしたなく開いた脚を慌てて閉じる。

「憑依核をアタマに設定するのは、召喚対象の人格が自然と守ってくれる可能性が高い……定石だけど、教科書通りの優等生じゃ実戦では通用しないわよ、うん」

「クッ……そんなこと解ってますわ！　あの時は、形成だけで手いっぱいで……いえ、すべてはわたくしの未熟さゆえ……」

完敗の悔しさを噛みしめながら、ユーオリアは立ち上がる。いいとこなしの彼女だが、それでも姿勢を正し、まっすぐアーネスに向き直る。

「わたくしの負けですわ。不躾《ぶしつけ》に勝負を持ちかけ、申し訳ありませんでした」

「……さすが、育ちがよろしいわね。アタシもアンタの申し出を受けたんだから、謝らなくていいわよ」

(命を狙う奴も来てるっていうのに……この女、ちゃんと負けを認めるし、白魔女のくせに潔いへンな奴。とはいえ、これ以上ちょっかいかけてくる奴が増えるなら……孤児院《ここ》を出て行った方がいいわね)

アーネスはそんなことを考えながら、『晒し首おじさん』の周りの地面を風の刃で切り崩す。

屈辱ながら地中から這い出たウルクスは、兎にも角にもユーオリアの側へ駆け寄り、体を気遣う。

「お嬢様、私の背に！　至急、診療所へ……」

「必要ありません。あなたは下がっていてください」

ユーオリアはウルクスを制し、ユリの花の刺繍が入った革製ポーチをアーネスに手渡した。

「約束のお金です。カバンも記念に差し上げますわ」

「ど、どうも。さ、気が済んだらサッサと帰って。何の変哲もない静かな村だってのに……アンタが大騒ぎするから、村の人が集まってきちゃったじゃない」

派手な戦闘《バトル》にはならなかったとはいえ、人間サイズ以上の召喚霊が現れることなどない村で3mのゴーレムが出現したら、それだけで大騒ぎ。皆、遠巻きに様子を窺っていた。

「村民の皆さん、騒音、震動など、ご迷惑おかけしました。すべてはわたくしの力不足によるもの。被害報告など苦情は、ユーオリア・ファイネルまでご連絡くださいませ」

野次馬に短く礼をすると、ユーオリアは振り返り、あらためてアーネスの顔を見据える。

「黒魔女さん、いえ……アーネスさん。助けていただき感謝しています。このご恩は、いつかお返しいたします」

「そんなのいいから……もうアタシに関わらないで」

「いいえ、また挑戦させていただきます。わたくしには、まだまだ伸びしろがあることを証明いたしますわ」

ニコッと可愛らしい笑みを添えてそう告げると、踵《きびす》を返し、ユーオリアは堂々と歩き出す。

去って行くふたりを呆れ顔で見送り、アーネスは深い溜息をついた。

(何なのよ、まったく……やっぱり孤児院《ここ》を出て行く計画、早くした方がいいわね)

そう言いながらも、アーネスは自分の口角が上がっていることに気付いてしまう。

(なに笑ってんの？　アタシ……。あんな何もかも正反対のお嬢様、一番嫌いな人間のはずでしょ)

「笑顔にさせられるなんて、なんか悔しい……面白い奴ではあったけどさ。ま、もう二度と会うこともないでしょう……」

この三日後、アーネスは孤児院を去る。とはいえ、行き先はすぐ近くの森の中、であるが。

「アーネスさん、すごい実力でしたね。あんな幼く可愛らしいのに……」

同じ頃、ユーオリアも笑顔で歩いていた。

「こちら側を敵視する危険な存在であることがわかったでしょう。『また挑戦』などと仰ってましたが、もう関わらぬよう……」

「『こちら側』とは、どちら側です？　ウルクスあなた、彼女を別世界の人間とでも思っているのですか？」

「い、いや、そういうわけではありませんが……」

ユーオリアは小さく溜息をつき、青い空を見上げた。

（大勢の人々に想いや考えを共有する、よい魔法が開発できれば……少しは世界も変わるかもしれませんのに。こういう時は……魔法より歌や詩の方が、人の心を動かせたりするのですよねぇ……）

「日々、魔法の研究ばかりですし……たまには、歌の練習でもしようかしら」

「よいですな！　最近聴かせていただいておりませんが、お嬢様の歌は昔から素晴らしい……。8歳の頃、あの発表会では――」

黒魔女のことを考えないようウルクスが話題を広げるが、ユーオリアの頭の中では、もうアーネスのことを考えていた。

次の勝負のため、どんな召喚霊を目標にするか、どんな術式の組み方をするか。

その顔はどこか、家族へのサプライズプレゼントを考えているかのようだった。

「難しいけど……媒体《アイテム》の追加設定に挑戦してみようかしら。アーネスさんとおそろいの『本』を使えるように……うふふっ」

あとがき

はじめまして！　茉森晶《まつもりしょう》と申します。

お買い上げいただき、ここまで読んでくださっている皆様、本当にありがとうございます！

長年シナリオ仕事などはしてきたものの、『ちゃんと小説を書こう』と決めたのは去年の初め頃でしょうか。小説家になろうサイト上で短編を発表。次に、長編になるお話を水面下で書きためていきました。それが、この『黒魔女アーネスの、使い魔の、推しごと』（初期の仮タイトル『黒魔女さん国民的アイドル化計画』）です。

キャラクターにも愛着が湧き、いよいよ第1回をアップしようかという頃、ＳＱＥＸノベルＩさんから書籍のお話が！　ネットにアップし、まず多くの人に見てもらうメリットも魅力的でしたが、せっかく本の形にしていただける機会、ありがたく受けさせていただきました。

今まで小説という形で人様に出した経験は少ないですが、ずっとやってみたいと思っていました。が、【地の文】に『主人公が読者に説明してるような言葉』が混ざるのがイヤで、試行錯誤するものの、なかなか答えは出ず……。

他人《ひと》から見れば、つまらないこだわり。でも、今までゲームシナリオで『主人公視点を徹底する形』を貫き、自分なりに良い文章を追いかけてきて、私の武器のひとつだと思っているので、なんとか継続していきたかった！

そうこうしているうちに、遅まきながら、やっと自分なりの書き方というものが確立してきました。まだまだ未熟ではありますが、これからどんどん書いていきたいと思いますので、ぜひお付き合いいただければと！

どんなジャンルでも『とにかくキャラクターがイキイキ生きてるのを見せたい！』その一心で。

もちろん、エンタメとして独創性も感じてもらいたいので、自分なりに設定や物語もこだわってるんですが、うっかりシリアスに寄らないように書いています。

やっぱり一番感じて欲しいのは、キャラクターの人間味、可愛さや楽しさ。ヨウジ＆アーネス、ユーオリア達の愛すべき人間性を楽しんでもらえれば、私の目的は90％くらい達成です。

結果がすべて、じゃない。過程が大切。一所懸命生きている彼らを覗いてやってください。

刊行作業、色々勉強になりました。日々、言葉・文章にはこだわり持ってやっているのですが、校正者さんに漢字の使い分けミスをいくつも指摘していただきました（『手を上げる』が正しいところ『挙げる』になっていたりだとか）。

担当さんには『赤字（明確な間違い）がゼロな作家さん、ほぼ初めて見た』と褒めていただきましたが、私としては誤字・誤変換・用法違いゼロを目指し努力するものと思ってるので、もっともっと精進していきたい……！


感謝しなければいけない人が、たくさんいます。

まず、担当Iさん。あなたがいなければ、今日の私はありません。特大の感謝を。

校正スタッフ様、印刷・製本に関わってくださった皆様、店舗で推してくださる書店スタッフ様、カバーデザイン柊椋様。誰かに届く形にしてくださって、ありがとうございます。

この世に生をくれた両親。ダメ兄に優しい言葉をくれる妹。いつも相談に乗ってくれる友人J氏。SNSで応援してくださる作家様&フォロワー様。生きる支えです。ありがとうございます。

そして、キャラクターデザイン&イラストはもちろん、文章も一番に読んでくれてヤル気を湧かせてくれる相棒、亜方逸樹にあらためて超絶感謝。最高のキャラ達をありがとう！

何より、買ってくれた方、読んでくれた方に最大限の感謝を。

ありきたりな言葉になりますが、どれだけいい文章、いいキャラクターを生み出したとしても、楽しんでくれる人がいなければ価値は認められません。当然、続き（2巻）なんて出ません。

あなたが楽しんでくれたら、ヨウジ達のドタバタ人生はまた動き出します。彼らを気に入ってもらえたなら、どうか応援よろしくお願いします。感想お待ちしております！

またお会いできることを秋の月に願いつつ

茉森晶

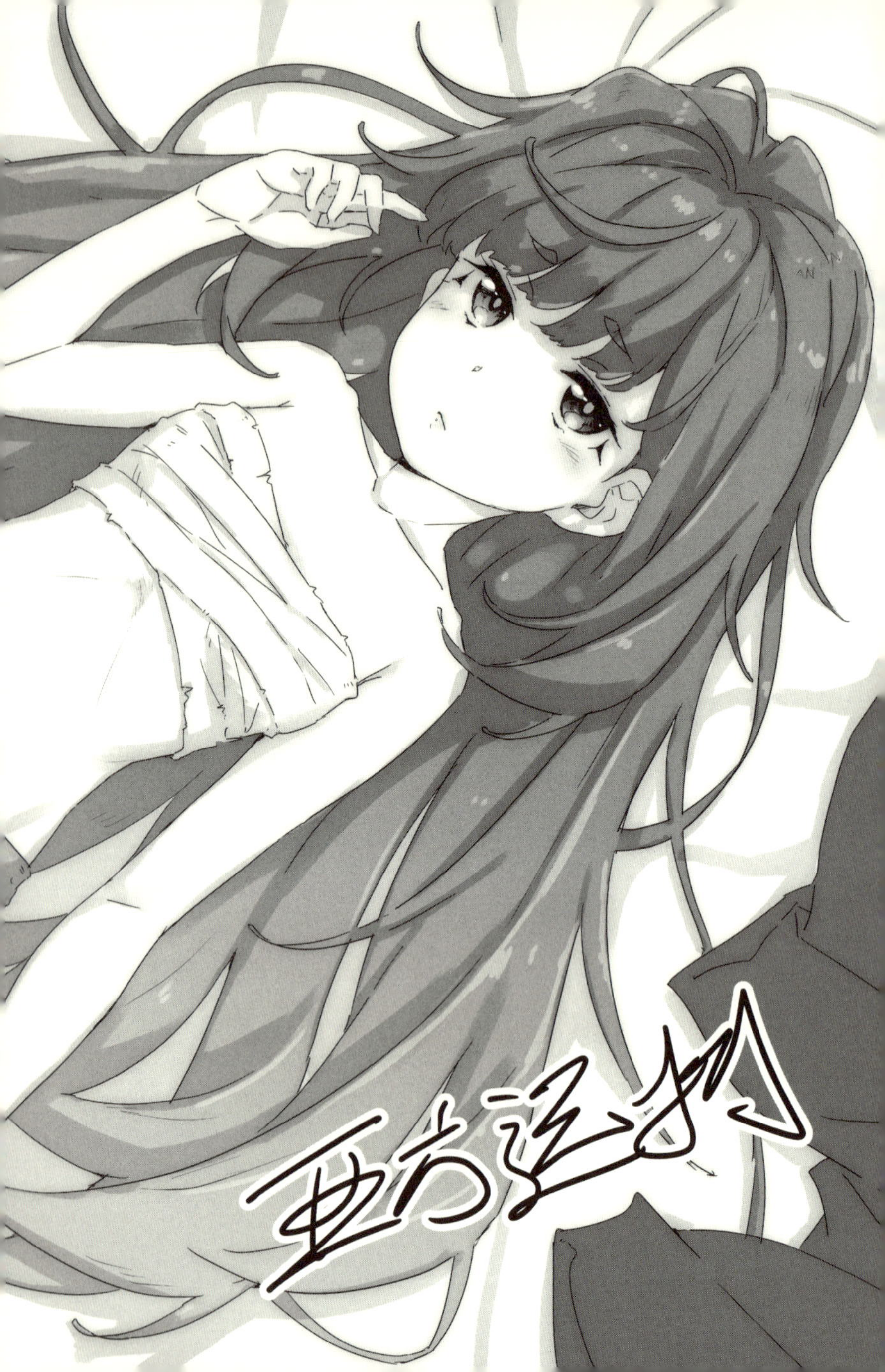

あとがき

せっかく設定したんで
アーネスのインナー絵をどうぞ
これは出会った時の物
なんで私服着替えた時には
ちがってそうですな…また考えとこう…
ちなみに黒い魔本のホルスターデザインは
茉森先生のこだわりですよ〜〜

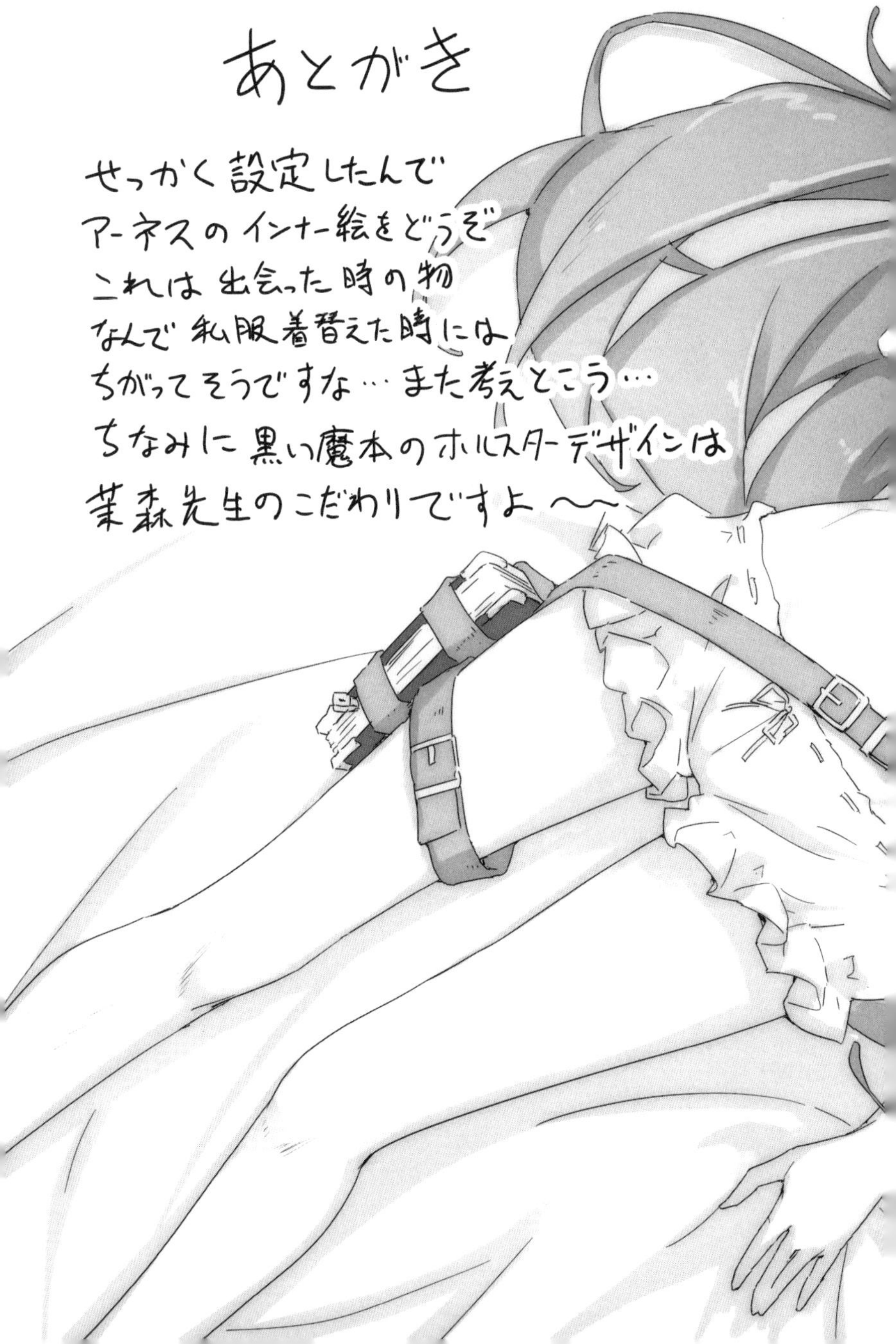

少女たちの大冒険!!
日本の女子高生・海里《みさと》が、異世界の子爵家長女（10歳）に転生!?
出来が良過ぎたために不自由だった海里は、
今度こそ平凡な人生を望むのだが……神様の手抜き（?）で、
魔力も力も人の6800倍という超人になってしまう！
ごく普通の人生を目指して、マイル《海里》の大活躍が始まる！

5億1000万
PV突破の
大ヒット
シリーズ
FUNA
Illustration 亜方逸樹
私、能力は
平均値でって言ったよね!
God bless me?
①～⑲&『リリィのキセキ』大好評発売中!
①～⑬&『リリィのキセキ』はアース・スターノベルより刊行

SQEX ノベル

黒魔女アーネスの、使い魔の、推しごと
～転生召喚されたし、ご主人様を国民的アイドルにするぞ！～

著者
茉森　晶

イラストレーター
亜方逸樹

2024年11月7日　初版発行

発行人
松浦克義

発行所
株式会社スクウェア・エニックス
〒150－6215
東京都渋谷区桜丘町１番１号　渋谷サクラステージSHIBUYAタワー
（お問い合わせ）スクウェア・エニックス　サポートセンター
https://sqex.to/PUB

印刷所
TOPPANクロレ株式会社

担当編集
稲垣高広

装幀
柊椋（I.S.W DESIGNING）

ISBN978-4-7575-9508-8　C0093　　Printed in Japan